Das Geheimnis des Seelenspiegels

Tom Glasauer

Das Geheimnis des Seelen-spiegels

Roman

Ansata

Verlagsgruppe Random House FSC® N001967

Erste Auflage 2017
Copyright © 2017 by Ansata Verlag, München,
in der Verlagsgruppe Random House GmbH, Neumarkter Straße 28,
81673 München
Alle Rechte sind vorbehalten. Printed in Germany.
Redaktion: Kristof Kurz
Umschlaggestaltung: Guter Punkt, München,
unter Verwendung von Motiven von Philophotos/Dreamstime.com
(Reiter) und istock/thinkstock (Ornament und Palme)
Satz: Satzwerk Huber, Germering
Druck und Bindung: Friedrich Pustet, Regensburg
ISBN 978-3-7787-7525-7

www.ansata-verlag.de
www.facebook.com/Integral.Lotos.Ansata

Inhaltsverzeichnis

Ein Land des Wohlstands

Es war einmal in einem fernen Land, in dem die Sommer heiß und die Winter mild waren, die Menschen braun gebrannt und von anmutiger Gestalt. Die Männer waren stark, die Frauen hübsch und die meisten Einwohner trugen eine stolze Haltung zur Schau.

Stolz waren sie vor allem auf ihren Reichtum, denn das Land war sehr wohlhabend und das Ansehen einer Person stieg mit den Besitztümern, die sie im Laufe ihres Lebens anhäufte. Diesen Stolz konnte man nicht nur in der Haltung der Menschen sehen, sondern auch in allen äußerlichen Dingen.

Die Kleidung der Bewohner des Landes war aus mannigfaltigen, feinen Stoffen gewebt und mit allerlei Perlen, Federn und farbigen Ornamenten geschmückt. Je farbenprächtiger die Stoffe, desto wohlhabender waren die Menschen, die damit gekleidet waren.

Die Frauen trugen Kleider aus feinster Seide, in die mit hauchdünnen Goldfäden zarte Muster in Form von Landschaften, Blumen oder auch Tieren gestickt waren. Die Knöpfe bestanden aus dünnen Gold- oder Elfenbeinplättchen, in die geschickte Hände vielgestaltige Formen graviert hatten. Die Kordeln wurden aus einem seltenen Wüstengras hergestellt, in das golddurchwirkte Fäden eingearbeitet waren. Die Gesichter waren meist von halbtransparenten Schleiern verdeckt, die mehr von der Schönheit ihrer Trägerinnen ahnen ließen, als sie verbargen.

Gern stellten sie Schmuck in allerlei Formen am ganzen Körper zur Schau: Zarte Ketten aus geflochtenen Silberfäden und schwarzen Perlen um den Hals, ein Sammelsurium aus wuchtigen, mit Rubinen und Saphiren besetzten Armreifen um die Handgelenke, geschwungene Ringe mit bunten Perlen und farbigen Edelsteinen an den Fingern, gedrehte Ringe in den Nasen und Ohren wie auch unscheinbare, aber wertvolle Fußkettchen an den Knöcheln über geschmeidigen Sandalen aus feinstem Wildleder.

Die Männer hingegen waren mit farbenprächtigen weiten Hosen bekleidet, welche die Knöchel eng umfassten. Die bunten, spitz zulaufenden Schuhe waren mit kräftigen Mustern, die die Stärke ihres Trägers darstellen sollten, verziert. An einer breiten Schärpe um den Bauch baumelte meist ein mit vielen Edelsteinen besetzter Säbel, der mehr zur Darstellung des Reichtums getragen wurde als zur Verteidigung des Lebens oder der Ehre. Kurze, fein gearbeitete, mit Gold- und Silberfäden verbrämte Westen wurden auf dünnen, fast durchsichtigen Seidenhemden getragen. Den Kopf schmückte meist ein kleiner Hut ohne Krempe mit einer Kordel aus dem Haar edelster Pferde, ebenso geschmackvoll wie der Rest der Kleidung. Lediglich wenn sie auf Reisen waren, trugen die Männer einen zweckmäßigeren Turban, der sie vor der Kraft der Sonne und den Sandkörnern schützte, die vom stetig wehenden Wüstenwind mitgetragen wurden.

Trotz der bunten Stoffe und des reichhaltigen Schmucks zeigten die Menschen ihre wohlgeformten, athletischen und muskulösen Körper, auf die sie stolz waren. Sie verbrachten viel Zeit damit, sich in Form zu halten, denn auch das Aussehen eines Menschen bestimmte seinen Status in der Gesellschaft.

Das Land war sehr trocken. Lediglich an den Ufern der Flüsse, in den Oasen sowie auf den Hochebenen im Norden waren das Klima und die Vegetation so geschaffen, dass Nahrungsmittel angepflanzt werden konnten. Die meisten Waren wurden jedoch von Händlern in endlos scheinenden Karawanen aus den Nachbarländern gebracht.

In dem Land gab es viele kleine Dörfer, aber nur eine große Stadt. Die Dörfer waren meist Ansammlungen einfacher Hütten um einen Brunnen, der tief in den trockenen Wüstenboden gegraben war und ihm das kostbare Nass entriss. Die Bauern bearbeiteten tagein und tagaus ihre Felder, deren Erträge sie auf den Märkten der Stadt oder an die reisenden Händler verkauften. Zu Wohlstand kamen die Dorfbewohner nicht, sie führten ein kärgliches Leben ohne Aussicht auf den Reichtum, der in den Städten zur Schau gestellt wurde.

Daher wohnten alle Menschen, die sich selbst für wichtig hielten, in der Stadt, denn sie glaubten, dass sie nur dort ihren Rang und ihre Bedeutung in einem angemessenen Rahmen zeigen konnten.

Die Stadtbewohner legten viel Wert darauf, ihren Reichtum nach außen hin darzustellen. Im Gegensatz zu den tristen Dorfhütten waren die Fassaden der Häuser in der Stadt reich mit einer Vielzahl von farbenfrohen Symbolen und Bildern verziert, welche vom Wohlstand und vom Ansehen ihrer Bewohner zeugen sollten.

Da gesellschaftlicher Status nur mit äußerlichem Luxus zu erreichen war, hatten die Menschen Angst vor dem Verlust ihres Reichtums und damit ihres Ansehens und versperrten ihre Häuser mit wuchtigen Türen und Toren aus Eisen und massivem Holz. Die Fenster waren klein und aus Angst vor Einbrechern mit dicken Gittern gesichert.

So beeindruckend die Fassaden der Häuser waren, so unscheinbar und vernachlässigt stellten sich deren Innenhöfe dar. Kein leises Plätschern eines Springbrunnens durchdrang die Stille der Nacht, kein dichtes Grün spendete in der Hitze des Tages den Bewohnern Schatten, kein Feigenbaum bot die Süße seiner Früchte an, denn solcherlei Dinge waren nichts Außergewöhnliches, sie stellten daher keinen besonderen Wert dar.

Genauso schlicht und einfach eingerichtet waren die meisten Zimmer der Häuser. Selten hingen fein gewebte Teppiche an den Wänden, auf denen die ruhmreichen Taten der Bewohner und deren Vorfahren dargestellt waren. Die Möbel waren schmucklos und einfach, genauso wie das Geschirr für den täglichen Gebrauch. Lediglich die Räume, in denen Gäste empfangen und bewirtet wurden, waren prächtig ausgestattet, denn hier konnte man mit seinem Wohlstand prunken.

Besonderes Ansehen genossen Händler und Kaufleute, denn sie versorgten die Menschen mit all den schönen und reichhaltigen Waren, mit all dem Nützlichen und Sinnlosen, welches die Bewohner der Städte vermeintlich zu ihrem Glück brauchten. Unter den Händlern wiederum hatten diejenigen eine Sonderstellung, die mit edelsten Stoffen, duftenden Salben und ätherischen Ölen handelten. Sie fuhren die prächtigsten Kutschen und wurden von Dienern auf Sänften durch die Basare der Stadt getragen.

Einer dieser Händler war Mansaar Ibn Sabri. Er stand in der Blüte seiner Jahre und war, seit ihm sein Vater vor ein paar Jahren die Leitung des Handelskontors übertragen hatte, dank der Beziehungen seiner Eltern und seines geschäftlichen Scharfsinns schon ein paar Stufen auf der gesellschaftlichen Leiter nach oben geklettert. Seinem Vater war dieser Schritt nicht leichtgefallen, da er selbst noch rüstig war, doch er sah, wie sich Mansaar mit all seiner Kraft für den geschäftlichen Erfolg einsetzte, und so hatte er sich schweren Herzens aus dem Geschäftsleben zurückgezogen.

Mansaar lebte mit seiner Frau Damaris und ihren beiden Kindern in einem prachtvollen Haus am größten Platz der Stadt. Während Mansaar seine Rolle als Ernährer der Familie ernst nahm und gewissenhaft ausfüllte, war Damaris ganz die liebevolle Mutter, deren höchstes Glück es war, sich um die Erziehung ihrer Kinder zu kümmern.

Kahir war der ältere der beiden und kam ganz nach seinem Großvater. Für manche Bereiche, die Mansaar wenig interessierten, hatte Kahir eine natürliche Veranlagung und lernte mit Eifer handwerkliche Feinheiten von

Mansaars Vater, der sein erstes Geld mit der Herstellung einfacher Möbel verdient hatte.

Galiah war eher nach ihrer Mutter geraten. Trotz ihrer jungen Jahre konnte man die grazile Schönheit, zu der sie heranreifen sollte, bereits erahnen. Sie war schon früh vielfältig interessiert und kümmerte sich wenig um die gesellschaftlichen Normen, die einer jungen Frau enge Fesseln anlegten.

Mansaar und Damaris hatten sich auf einem der zahlreichen Feste kennengelernt, die an lauen Sommerabenden in den Straßen der Stadt rund um den Soukh stattfanden. Damaris fand Gefallen an dem jungen Händler, und so kam es, dass die beiden immer häufiger gemeinsam in den Straßen und Kaffeehäusern anzutreffen waren, bis sie sich irgendwann entschlossen, ihr Leben zusammen zu verbringen.

Den Eltern der beiden gefiel diese Verbindung nicht, denn sie hatten grundsätzlich unterschiedliche Ansichten zu wichtigen Bereichen des Lebens: Politik, Familie, Kindererziehung und auch zu den sozialen Umgangsformen. Natürlich wünschten sie sich, dass sich ihre Kinder daran orientierten und einen Lebenspartner wählten, der aus ihren jeweiligen Gesellschaftsschichten kam und auch sonst ihren Erwartungen entsprach.

Doch die Liebe zwischen Mansaar und Damaris war stärker als alle Erwartungen und Konventionen. Sie fanden im Gegenüber den Seelenverwandten, mit dem sie ihre Wünsche und Träume Wirklichkeit werden lassen und ihr restliches Leben verbringen wollten. Ihre Eltern sahen dies schließlich ein und gaben ihr Einverständnis für die

Hochzeit. Die beiden heirateten und gründeten eine eigene kleine Familie. Sie waren sich lange Jahre selbst genug und genossen die gemeinsame Zeit mit ihren Kindern.

Mansaar führte ein geschäftiges Leben, um seiner Familie den gewünschten Lebensstandard zu ermöglichen. Wie die meisten reichen Bewohner der Stadt hatte er nicht viel übrig für Müßiggang. Die Termine mit Kunden und anderen Händlern bestimmten seinen Tag, an dessen Ende er voller Spannung und Konzentration seine Einnahmen zählte, denn nur diese entschieden über den Nutzen der geleisteten Arbeit. Ein Tag ohne ein erfolgreiches Geschäft hingegen war für ihn ein verlorener Tag.

Neben seinen Geschäften und seiner Familie hatte er nur wenige Interessen. Lediglich eine handverlesene Zahl von Männern nannte er seine Freunde, von denen die meisten ebenfalls erfolgreiche Händler oder Söhne von Händlern waren.

Regelmäßig traf er sich mit ihnen in den Tavernen des schönsten Soukhs der Stadt. Dort redeten sie über ihre letzten geschäftlichen Erfolge, über Pläne, wie sie in Zukunft noch reicher werden konnten, oder sie schwelgten in Träumen, wie sie den mühsam erworbenen Reichtum möglichst genussvoll wieder ausgeben konnten.

Mansaar hatte in der Vergangenheit immer gern an solchen Treffen teilgenommen und sich in den bewundernden Blicken gesonnt, die ihm von den Menschen auf den Straßen des Soukhs zuteilwurden. Auch wenn er ihnen nicht persönlich bekannt war, so sahen sie in ihm doch sofort einen wohlhabenden und wahrscheinlich auch einflussreichen Bewohner ihrer Stadt.

Sehnsucht statt Zufriedenheit

Seit einiger Zeit jedoch war Mansaar nicht mehr zufrieden. Anfangs nahm er das ungewohnte Gefühl nicht wahr, denn es war nicht immer da und schlich sich nur langsam in seinen geschäftigen Alltag, doch nach ein paar Monaten drängte es sich immer stärker in sein Bewusstsein. Dieses andauernde Unwohlsein beraubte Mansaar aller Energie. Ihm fehlte der übliche Schwung, und er konnte sich immer häufiger nur mit Mühe durch seine täglichen Aufgaben quälen. Mansaar fühlte sich chronisch müde, konnte sich immer schlechter konzentrieren, vergaß wichtige Dinge und machte Fehler, die ihm früher nicht unterlaufen waren.

Die Ursachen erklärte er sich selbst gegenüber schnell mit seinem hohen Arbeitspensum. Ein Mann in seiner Position konnte daran jedoch nichts ändern, wenn er erfolgreich sein wollte, davon war Mansaar überzeugt. Sein Vater hatte ihm dies zeit seines Lebens vorgelebt, und Mansaar hatte dieses Verhalten unbewusst übernommen.

Doch selbst wenn Mansaar an manchen Tagen versuchte, sich etwas Freiraum für seine persönliche

Erholung zu schaffen, war er nicht in der Lage, sich zu entspannen. Seine Gedanken kreisten unablässig um die Kosten für seine Warenlager, Verträge mit schwierigen Karawanenführern, eine verdorbene Ladung Trockenfrüchte, neue Güter für seine anspruchsvollen Kunden und viele andere berufliche Dinge.

Nach solchen Ruhepausen fühlte er sich deshalb oftmals doppelt erschöpft und unzufrieden, denn es war ihm einerseits nicht möglich gewesen, seine Gedanken von geschäftlichen Dingen abzuwenden, um neue Kraft zu sammeln, andererseits hatte er aber auch keinen Finger gerührt, um seinen Reichtum und Einfluss zu vermehren.

So kam es, dass sich Mansaar wie in einem Sog fühlte, der ihn immer stärker und schneller in die Mitte eines Strudels zog. Je mehr er dagegen ankämpfte, desto mehr Energie raubte ihm dieser Zustand. Seine Gedanken kreisten immer öfter um dieses ohnmächtige und deprimierende Gefühl, sodass er sich mehr und mehr von seinen täglichen Aufgaben überfordert fühlte und eine tief gehende Frustration und Lustlosigkeit verspürte. Die Abwärtsspirale drehte sich immer schneller.

Anfangs bezog Mansaar dies nur auf seine geschäftliche Situation, doch im Laufe der Zeit litt auch das Verhältnis zu seiner Frau und den Kindern. Mansaar war zusehends genervt von dem lebendigen Treiben zu Hause und verstand nicht, warum seine Familie keine Rücksicht auf ihn nehmen wollte, arbeitete er doch hart, damit sie ihren Lebensstandard halten konnten. Seine Frau spürte diese Unzufriedenheit wohl und versuchte, die Zeit, die er daheim verbrachte, so ruhig wie möglich zu gestalten.

Dennoch zog sich Mansaar immer stärker aus dem Familienleben zurück.

Doch nicht nur dieser Rückzug machte ein harmonisches Zusammenleben unmöglich, auch Mansaars Reizbarkeit und Wut sorgten dafür, dass er immer öfter allein am Esstisch saß oder auf den Kissen im Wohnzimmer lag. Seine Frau und die Kinder fanden immer neue Ausreden, um ihm aus dem Weg zu gehen. Mansaar ahnte selbst in seinem Zustand, dass etwas im Argen lag, und so sprach er eines Abends seine Frau darauf an. Um ihn zu schonen, beschwichtigte sie ihn zuerst mit allgemeinen Ausflüchten, doch nach einer Weile nahm sie sich ein Herz und schilderte ihm offen ihre Sicht der Dinge. Alle Bewohner des Hauses versuchten, seine Wege nicht zu kreuzen. Besorgungen und Unternehmungen außer Haus legte man bewusst auf die Zeiten, in denen er in der Regel zu Hause war, damit er sich nicht durch die Anwesenheit anderer Menschen gestört fühlte. Dieser Zustand war für sie nicht länger tragbar und letztendlich sagte sie:

Er brachte schlechte Laune nach Hause.

Dieser Satz bohrte sich wie ein Speer in sein Gewissen. Schlagartig wurde ihm klar, dass sein Unwohlsein und seine Frustration nicht nur auf sein Geschäft Auswirkungen hatten, sie betrafen sein gesamtes Leben!

Er hatte das Gefühl, nur für seine Arbeit zu leben. Doch die Freude und der Spaß daran, die ihn früher zu allen Tages- und Nachtzeiten angetrieben hatten, waren nicht mehr vorhanden. Er reagierte nur noch. Sein Beruf hatte sich von einer Energiequelle zu einem

Energieräuber gewandelt, und eine Frage drängte sich dabei immer wieder in sein Bewusstsein:

Wofür lebte er?

So spürte Mansaar verstärkt eine seltsame, ungewohnte Leere und ein ungestilltes Verlangen, wenn er während der regelmäßigen Treffen im Soukh den immer gleichen Gesprächen seiner Freunde lauschte. Er nippte schweigsam an seinem dunklen Mocca und verlor stetig das Bedürfnis, sich an Spekulationen über die Preisentwicklung von Gewürzen oder kosmetischen Ölen zu ergehen. Anfangs sträubte er sich gegen dieses unbekannte und auch unangenehme Gefühl, denn die Teilnahme an solchen Gesprächen gehörte sich schließlich für erfolgreiche Händler.

Doch irgendwann konnte Mansaar dieses Gefühl nicht länger beiseiteschieben und fragte sich, womit er denn eigentlich unzufrieden war. Er hatte eine hübsche Frau und zwei gesunde Kinder, war erfolgreich und konnte auf eine glänzende berufliche Zukunft hoffen, er hatte Freunde, die sich für die gleichen Themen wie er selbst interessierten. Was wollte er mehr?

Mit solcherlei Erwiderungen brachte sein logischer Verstand die unbeantworteten Fragen seines Herzens schnell zum Schweigen. Doch sobald sich seine Vernunft wieder anderen Dingen zuwandte, kroch die Unzufriedenheit und mit ihr die bohrenden und quälenden Probleme wieder aus der Tiefe seines Unterbewusstseins.

Je häufiger und deutlicher er diese Empfindungen wahrnahm, je weniger er über sie hinwegsehen konnte und keine Antworten auf seine Fragen fand, desto verzweifelter wurde Mansaar. Was fehlte ihm? Warum fühlte er immer häufiger eine innere Leere, wo doch sein Vermögen ständig größer wurde?

Den Treffen mit seinen Freunden konnte Mansaar kaum noch etwas abgewinnen. Er verließ die Runde immer häufiger als Erster und wanderte ziellos und gedankenversunken durch die prächtigen Villenviertel und Parks der Stadt. Doch er hatte kein Auge für den Glanz und die Schönheit ringsum, und egal, wohin er sich wandte, egal, wie reizvoll oder lieblich die Dinge waren, die er auf seinen Streifzügen erblickte, das nagende Gefühl, dass ihm trotz seines Reichtums etwas fehlte, blieb sein ständiger Begleiter.

Was das war, wusste Mansaar nicht und konnte es sich daher auch mit all seinem Reichtum nicht beschaffen. Seine Gedanken kreisten Tag und Nacht um die Frage, was er tun konnte, um wieder Freude an seinem Beruf und damit auch an seinem Leben zu finden, denn die beiden Dinge waren für ihn untrennbar miteinander verbunden. Es wäre ihm nie in den Sinn gekommen, dass die Arbeit nur ein Aspekt des Lebens ist.

Die Verbindung einer stetig wachsenden Lust- und Kraftlosigkeit mit einer deutlich fühlbaren Unzufriedenheit ließ ihn im Laufe der Zeit fast die Hoffnung auf Besserung verlieren. Was er auch tat, er hatte keinen Spaß daran, denn es war keine Linderung seiner Qualen. Viele Dinge, für die er sich früher interessiert hatte, verloren plötzlich ihren Reiz.

Im Laufe der Zeit verließ er immer öfter vorzeitig das Kontor, da er keine Lust hatte, sich mit den alltäglichen Aufgaben eines Händlers auseinanderzusetzen. Seine

Streifzüge wurden ausgedehnter und führten ihn immer häufiger aus den ihm bekannten Stadtvierteln hinaus in die ärmeren Bezirke am Rande der Stadt. Diese hatte er noch nie betreten, hieß es doch, dass sich dort zwielichtige Gestalten herumtrieben.

Eines Tages, als er wieder einmal in Gedanken versunken seines Weges ging und über das nagende Gefühl der Unzufriedenheit in seinem Inneren fast verzweifelte, erregte das Lachen von Kindern und Erwachsenen seine Aufmerksamkeit. Am Rande einer staubigen Straße entdeckte er eine Gruppe von Menschen, die in einfachste Gewänder gekleidet waren. Sie saßen in einem offenen Halbkreis auf dem Boden unter einem dürren Baum und unterhielten sich lebhaft und wild gestikulierend. Zwischen ihnen konnte Mansaar die Reste eines einfachen Holzfeuers erkennen, auf dem eine dreckige und schwarz verkrustete Teekanne leise vor sich hin blubberte. Alle Männer im Halbkreis hielten ein kleines Glas mit einer dunkelbraunen Flüssigkeit in den Händen, die auch bei heftigsten Gesten nicht verschüttet wurde.

Mansaar war schon früher zu Ohren gekommen, dass es nicht allen Menschen so gut ging wie ihm und seinen Freunden in den reichen Stadtvierteln. Bisher war er überzeugt davon gewesen, dass dies deren eigene Schuld war. Wahrscheinlich arbeiteten sie zu wenig oder gaben ihr Geld für unnütze Dinge aus, statt es zu sparen und geschickt anzulegen. Mansaar war in einem wohlhabenden Elternhaus aufgewachsen und konnte sich nicht vorstellen, wie es war, in Armut zu leben. Ein glückliches Leben war für ihn ohne Geld und Ansehen nicht denkbar.

Und den ärmeren Menschen musste das doch auch klar sein. Er war sich sicher, dass sie unzufrieden mit ihrem Leben waren und freudlos ihr tristes Dasein fristeten. Doch diese Menschen lachten und waren für den Augenblick scheinbar zufrieden. Wie konnten sie dort im Staub sitzen und lachen? Er blieb unter einem halb verfallenen Vordach stehen und beobachtete die Szenerie eine Zeit lang aus der Entfernung. Doch je länger er dastand und die Kinder beim Spielen und Erwachsenen bei gestenreichen Diskussionen beobachtete, desto mehr wurde ihm klar, was ihn daran so faszinierte: In der Gesellschaft seiner Freunde und Bekannten hatte er schon lange kein von Herzen kommendes Lachen mehr gehört. Deren Gespräche waren viel zu sehr von Kalkül, Berechnung und Selbstdarstellung geprägt, als dass ein wahres, überschwängliches, aus Freude geborenes Lachen dort Platz gefunden hätte.

Doch diese Menschen im Staub der Straße, die seiner bisherigen Meinung nach nicht glücklich sein konnten, lachten und scherzten miteinander. Aus ihren Augen leuchtete ein echtes Interesse an den Menschen in ihrer Umgebung und Mitgefühl für deren Geschichten. Dieses Gefühl wurde von den anderen erwidert. Je länger er die Szene beobachtete, desto bewusster wurde ihm, dass diese Menschen etwas besaßen, was er nicht kannte und was er sich auch mit seinem gesamten Reichtum nicht kaufen konnte: Sie waren zufrieden mit dem, was sie hatten.

Und das erste Mal in seinem Leben fühlte Mansaar etwas, das ihm vorher fremd gewesen war: Sehnsucht.

Der Rat seiner Freunde

D och Mansaar konnte das Ziel dieser Sehnsucht nicht erkennen.

Gefühle störten. Sie waren für einen erfolgreichen Händler unnötig. Daher hatte er sie bisher soweit als möglich unterdrückt. Doch nun wurde er von seinen Emotionen hin- und hergeworfen, war ihnen hilflos ausgeliefert, denn auch seine Frau und seine Eltern konnten ihm nicht helfen.

Gedankenversunken hatte er sich schließlich auf den Heimweg gemacht. Als er seine Umwelt wieder bewusst wahrnahm, stand Mansaar vor einem kleinen steinernen Becken, in das die Abflüsse mehrerer Brunnen des Viertels geleitet wurden. Er starrte nachdenklich auf die Wasseroberfläche. Diese war jedoch durch das von oben einströmende Wasser so unruhig, dass er seine Umrisse lediglich verschwommen wahrnahm.

Wie gern hätte er sich selbst in diesem Wasser betrachtet. Als Kind hatte Mansaar von überhängenden Ästen aus stundenlang auf den spiegelglatten Weiher in der Nähe des Karawanenhofs gestarrt, Fische und sich selbst beobachtet und Grimassen geschnitten. Doch in diesem unruhigen Wasserbecken konnte er bis auf ein paar schemenhafte Umrisse nichts wahrnehmen.

Er konnte sich selbst nicht erkennen.

Nachdem er wieder zu Hause war, stand er noch lange am Fenster und starrte auf das bunte Treiben, das auf dem großen Platz vor seinem Haus stattfand, ohne dass er jedoch irgendeine Einzelheit bewusst wahrnahm.

Durch seine Grübeleien kam er immer häufiger zu spät zum Karawanenhof und musste feststellen, dass die anderen Händler die schönsten und gefragtesten Waren der neu eingetroffenen Karawanen bereits gekauft hatten. Oder er war beim Feilschen um den niedrigsten Preis unkonzentriert und bezahlte zu viel. Mansaar kam immer öfter mit leeren Händen wieder in sein Geschäft zurück. Ein paar Wochen konnte er den fehlenden Warenzufluss aus den üppigen Beständen seiner Lagerhäuser ersetzen, doch diese leerten sich zusehends. Seine Erfahrung half ihm anfangs, sein Ansehen als erfolgreicher Händler aufrechtzuerhalten, im Laufe der Zeit sprach es sich jedoch herum, dass er Probleme hatte und die Anfragen seiner Kunden immer schlechter erfüllen konnte.

Das Getuschel und die neugierigen Seitenblicke seiner Freunde nahm er zwar wahr, doch seltsamerweise störten sie ihn nicht. Es war ihm egal. Denn seine Gedanken kreisten die meiste Zeit um die Frage, was es war, das ihm zu seinem Glück fehlte und wo er es sich kaufen konnte.

Auch seine Frau konnte ihm dabei nicht helfen. Sie wusste wohl, dass ihn irgendetwas quälte und nachts wachhielt, doch aus Angst, sie zu verletzen, konnte Mansaar nicht mit ihr über sein fehlendes Glück reden. Dachte er doch seit Jahren, dass sie und die Kinder neben seinem Beruf alles seien, was er zu seinem Glück brauchte.

Doch gerade die immer größer werdende Kluft zwischen ihm, seiner Frau und den Kindern machten Mansaar klar, dass sich irgendetwas ändern musste, sollte nicht sein ganzes Leben in die Brüche gehen!

Als er eines Abends den Mut fand und sich seinen Freunden anvertraute, verstanden diese – wie befürchtet – nicht, worin sein Problem lag. Wie er selbst waren sie der Meinung, dass Mansaar alles hatte, was man sich nur wünschen konnte. Doch da ihnen nicht entging, wie sehr er litt, rieten sie ihm, einen Arzt aufzusuchen. Sie diskutierten heftig, welcher der Ärzte in der Stadt wohl am geeignetsten wäre, Mansaar von seinem Leiden zu befreien. Dieser wunderte sich zwar, dass die Männer am Tisch zur Bestimmung der Qualität der Ärzte die Höhe des Honorars heranzogen, doch da er das erste Mal seit Wochen das Gefühl hatte, dass sich etwas bewegte und sie nicht nur über geschäftliche Themen sprachen, drängte er diesen Gedanken in den Hintergrund.

Er lauschte neugierig den Geschichten seiner Freunde, aus welchem Grunde sie den jeweiligen Arzt bereits aufgesucht hatten. Mansaar hatte in seinem bisherigen Leben keine persönlichen Erfahrungen mit Ärzten gemacht, da er immer gesund gewesen war – von ein paar Prellungen und Schnitten abgesehen, doch die waren immer von seinen Eltern behandelt worden. Wie viele seines Alters war sein Vater der Meinung, dass es einem

Mann nicht zustand, Schwäche zu zeigen. Er hatte in seinem Leben schließlich auch viel erdulden müssen, ohne zu jammern.

Da Mansaar diese Einstellung unbewusst verinnerlicht hatte und nach ihr lebte und handelte, sträubte er sich bei dem Gedanken, einen Arzt aufzusuchen, ohne unter einem schwerwiegenden körperlichen Gebrechen zu leiden. Es handelte sich ja nur um ein Unwohlsein, eine Lust- und Kraftlosigkeit. Das waren doch bestimmt keine Gründe, warum echte Männer zum Arzt gingen!

Mansaar hatte zwar in den letzten Jahren auch verstärkt mit körperlichen Beschwerden wie ständigen Rücken- oder Kopfschmerzen und einem leisen, aber penetranten Pfeifen im Ohr zu kämpfen gehabt, doch diese Dinge hatten ja wohl nichts mit den negativen Gefühlen und seiner Unzufriedenheit zu tun.

Alle Männer am Tisch beteiligten sich an der Diskussion – alle bis auf Saroush, einer seiner ältesten Freunde aus Kindertagen, mit dem er schon auf dem Karawanenhof seines Vaters gespielt hatte. Er, der sonst immer einen Scherz auf den Lippen hatte und gern einen Spaß auf Kosten anderer machte, war ungewöhnlich schweigsam und in sich gekehrt. Mansaar nahm an, dass das Thema Saroush nicht gefiel, da er nicht gern über Krankheiten sprach.

Am Ende des Abends hatte man sich auf drei Ärzte geeinigt, von denen sich Mansaar einen aussuchen und bei ihm vorsprechen sollte. Er versprach seinen Freunden, sich gleich am nächsten Tag um einen Termin bei einem der Ärzte zu bemühen. Damit waren alle zufrieden und zum ersten Mal seit Langem konnte Mansaar die Gegenwart der anderen genießen.

Nur Saroush blieb verschlossen und schweigsam.

Kräuter und Husten

Am nächsten Tag erledigte Mansaar rasch seine wenigen geschäftlichen Angelegenheiten und machte sich dann auf den Weg zum ersten Arzt, der auf der kurzen Liste stand. Dessen Behandlungsräume, die im ersten Stock eines gepflegten Hauses ein paar Straßen von Mansaars Wohnung entfernt lagen, waren prächtig ausgestattet und genauso wie die Möbel und die Kleidung aller Angestellten komplett in Weiß gehalten.

Der Arzt war ein kleiner, rundlicher, älterer Mann mit kurzem, ebenfalls weißen Bart, der auf den ersten Blick Erfahrung ausstrahlte und Vertrauen weckte. Er führte Mansaar in eines der Behandlungszimmer, setzte sich hinter seinen wuchtigen weißen Schreibtisch, faltete die Hände über seinem kleinen, rundlichen Bauch und bat seinen Patienten, sein Leiden zu schildern.

Mansaar begann damit, dem Arzt stolz von seinen Erfolgen als Geschäftsmann zu berichten, bevor er fast beschämt von seiner Niedergeschlagenheit und körperlichen Schwäche erzählte, die es ihm fast unmöglich machte, seinen beruflichen Verpflichtungen nachzukommen.

Der Arzt hörte geduldig zu. Als Mansaar geendet hatte, stand er auf, nahm ein großes Hörrohr, welches aus einem weißen gewundenen Büffelhorn gefertigt war, und horchte Mansaars Oberkörper und Rücken nach ungewöhnlichen Geräuschen ab.

»Ganz eindeutig«, meinte er, nachdem er seine Untersuchung beendet hatte. »Du leidest an alten Winden. Sie blockieren deine Lunge und verhindern, dass frische Winde neue Energie in deinen Körper bringen.«

Er nahm wieder hinter seinem Schreibtisch Platz, schrieb ein paar Zeichen auf ein reinweißes Stück Pergament und reichte es Mansaar. »Gib diese Liste bei der Arzneiausgabe zwei Häuser weiter ab. Sie werden dir daraus eine Mischung aus Kräutern zusammenstellen. Von diesen Kräutern verbrennst du dreimal täglich je ein Zehntel Mudd in einer Schale und atmest den Rauch ein. Dann wirst du innerhalb von fünf Tagen frischen Wind in deinem Geiste spüren.«

Mansaar war überrascht und erfreut, dass sein Leiden so schnell kuriert werden konnte, bezahlte bei einer Gehilfin im Vorzimmer eine stolze Summe für die Behandlung und eilte zu dem Arzneigeschäft. Nach kurzer Zeit konnte er ein Bündel mit der für ihn zusammengestellten Kräutermischung entgegennehmen, welches er rasch nach Hause trug.

Dort angekommen, holte er sich sogleich eine kleine Schale aus der Küche, maß mit einer silbernen Waage ein Zehntel Mudd der Kräutermischung ab und entzündete sie. Sofort begannen die getrockneten Pflanzen zu qualmen. Mansaar hielt den Kopf erwartungsfreudig in den Rauch und sog ihn tief in seine Lunge. Augenblicklich hatte er das Gefühl, ersticken zu müssen. Er riss den Kopf aus dem Qualm und hustete jämmerlich. Der Reiz in seinem Hals war so stark, dass es ihm die Tränen in die Augen trieb. Seine Frau eilte besorgt aus der Küche zu ihm, um ihm beizustehen, dennoch brauchte er einige Zeit, um sich zu beruhigen. Erst ein paar Schlucke Wasser linderten seine Pein.

Das Ergebnis dieser Behandlung war allerdings, dass er sich noch schwächer und erschöpfter fühlte als zuvor. Zudem war ihm nun auch noch übel. Daher kippte er das restliche Wasser aus seinem Becher in die Schale, um den Qualm zu ersticken, schleppte sich ins Schlafzimmer, fiel so wie er war aufs Bett und schlief nach wenigen Augenblicken ein.

Am späten Nachmittag erwachte Mansaar wieder und es dauerte etwas, bis ihm wieder einfiel, warum er am helllichten Tage angezogen im Bett lag. Er stand auf und ging in den Wohnbereich, in dem noch immer ein leichter Geruch nach der Kräutermischung hing. Nach einem Schluck Wasser und einer kleinen Stärkung in Form von frischem Obst und einem Stück Fladenbrot beschloss er, es nochmals mit der Kräutermischung zu versuchen.

Diesmal jedoch handelte Mansaar nicht so übereilt. Nachdem er die entsprechende Menge abgewogen und entzündet hatte, wedelte er sich mit einem kleinen Fächer aus bunten Vogelfedern vorsichtig den Rauch ins Gesicht und atmete behutsam ein.

Fast sofort spürte er wieder diesen unbändigen Hustenreiz. Er blieb jedoch standhaft und schaffte es, nochmals ein- und auszuatmen, bevor er ihm nachgeben musste. Als er sich endlich beruhigen konnte, war sein Hals so rau und fühlte sich so wund an, dass er kein Wort herausbekam. Mansaar war so schwach, dass er sich rückwärts auf einen Diwan fallen ließ und trotz seiner schmerzenden Kehle fast sofort wieder einschlief.

Auch die weiteren Versuche der nächsten Tage, mit den getrockneten Kräutern seine körperliche und mentale Verfassung zu verbessern, führten zum gleichen Ergebnis. Egal, ob Mansaar versuchte, sich den Rauch vorsichtig zuzufächeln, ihn mit einem dünnen Rohr oder durch eine Shisha einzusaugen, er landete hustend und würgend auf dem Boden, dem Diwan oder im Schlafgemach.

So kam es, dass es Mansaar nach den vom Arzt prophezeiten fünf Tagen schlechter ging als zuvor. Er hatte kaum etwas gegessen, und dicke Augenringe zeugten von seiner schlechten körperlichen Verfassung.

Dies war das Ergebnis des ersten Arztbesuches.

Schlucken und Würgen

Mansaar wertete dieses Ergebnis als Fehlschlag, gab die Hoffnung jedoch nicht auf, denn es standen ja noch zwei weitere Ärzte auf der Liste, die seine Freunde zusammengestellt hatten. Also machte er sich einen Tag später auf den Weg zum nächsten Arzt. Das Ergebnis der Behandlung des ersten Arztes hatte ihn etwas misstrauisch gemacht, dennoch war er optimistisch, dass er diesmal ein Heilmittel gegen seine Krankheit erhalten würde. Es war ja schließlich sehr unwahrscheinlich, dass gleich zwei Ärzte mit ihrem Befund danebenlagen.

Arzt Nummer zwei hatte seine Behandlungsräume in einem benachbarten Viertel. In allen Gängen und Räumen standen mit Leder abgedichtete Tongefäße verschiedenster Größen, in denen wohl irgendwelche Flüssigkeiten aufbewahrt wurden. Mehrere Räume verfügten auf der Rückseite über eine Öffnung, durch die man direkten Zugang zu einem kleinen Rinnsal hatte, in welches die Bewohner des Viertels ihre Abwässer kippten. Dementsprechend roch es in den Räumen nach Fäulnis, und

Mansaar wunderte sich, wozu diese Öffnungen zum Abwasserkanal benötigt wurden.

Nach einer kurzen Wartezeit in einem der spärlich eingerichteten Zimmer trat ein großer, hagerer Mann mit einem dunklen Bart und schwarzen, feucht glänzenden Haaren ein und nahm ihm gegenüber auf einem niedrigen Hocker Platz. Er stellte sich ihm als der Arzt vor und bat ihn, seine Beschwerden zu schildern.

Er machte einen ungeduldigen Eindruck auf Mansaar, sodass er diesmal die Schilderung seiner beruflichen Erfolge ausließ und gleich auf sein eigentliches Leiden zu sprechen kam. Der Arzt schien ihm nur mit halbem Ohr zuzuhören. Kaum hatte Mansaar die spärliche Darstellung seiner aktuellen Situation beendet, rutschte der Arzt mit seinem Hocker schnell zwei Schritte nach vorn und umfasste Mansaars Kopf mit beiden Händen. Er sah ihm kurz in die von der Rauchbehandlung der letzten Tage rot unterlaufenen Augen und kehrte dann wieder auf seinen ursprünglichen Platz zurück. Dann nahm der Arzt eine kleine rostige Glocke aus einer Tasche und schüttelte sie kurz. Sie gab einen hässlichen, unmelodischen Klang von sich.

Fast gleichzeitig mit dem Ausklingen des letzten Tons öffnete sich lautlos eine Tür hinter Mansaar. Eine unscheinbare Person, gekleidet in einen grauen Umhang, huschte an ihm vorbei und verneigte sich vor dem Arzt. Mansaar sah das Gesicht der Person nicht und konnte daher anhand der Frisur und Kleidung nur annehmen, dass es sich um einen Mann handelte. Sein Alter zu schätzen war allerdings unmöglich.

»Dieser Patient leidet unter unreinem Bauchwasser«, teilte der Arzt mit abwesendem Blick dem unscheinbaren Assistenten mit. »Fülle ihm eine Flasche aus dem großen grünen Bottich. Davon soll er die nächsten vier Abende einen Becher vor dem Schlafengehen zu sich nehmen. Durch die heilende Wirkung des Trankes wird sich das Bauchwasser klären. Nach vier Tagen wird er keine Beschwerden mehr haben.«

Mit diesen Worten drehte er sich um und verließ ohne einen weiteren Blick auf seinen Besucher das Empfangszimmer, während Mansaar der grau gekleideten Gestalt folgte, die schweigend das Zimmer durch die Tür verließ, durch die sie es betreten hatte. Ein paar Schritte später bedeutete der Gehilfe Mansaar mit einer knappen Handbewegung, zu warten, und verschwand in einer der angrenzenden Türen. Nach wenigen Augenblicken trat er wieder vor Mansaar und hielt ihm eine undurchsichtige Flasche von gräulicher Farbe hin, die mit einem kleinen Korken verschlossen war und an einem dünnen Lederband hing. Die andere Hand hielt er ihm mit der Fläche nach oben vor die Nase. Mansaar war klar, welche Bedeutung diese Geste hatte, doch er musste dreimal in seinen Geldsack langen, bevor der Besitzer der geöffneten Hand zufrieden war und sie zurückzog.

Mansaar nahm die Flasche entgegen und ging festen Schrittes nach Hause. Dort stellte er sie auf seinen Schreibtisch, setzte sich davor und starrte sie an, als ob er in sie hineinsehen könnte. Es fiel ihm nicht so leicht wie beim ersten Mal, die Medizin zu versuchen. Der unerwünschte Ausgang des ersten Arztbesuches hatte ihn vorsichtig gemacht. Letztendlich fasste er sich doch ein Herz, ergriff einen silbernen Becher und entkorkte vorsichtig die Flasche.

Sofort drang ein durchdringender, beißender Geruch in seine Nase, die er angewidert rümpfte. Das Zeug roch grauenvoll nach dem Abwasserkanal hinter dem Haus des Arztes: eine Mischung aus Abwasser und verbrannten Fußnägeln! Hatte dieser vielleicht einfach den Inhalt des Kanals in die Flasche füllen lassen? Mansaar hoffte, dass der Geschmack erträglicher sein würde, als der Geruch vermuten ließ.

Mutig goss er einen Teil der Flüssigkeit aus der Flasche. Sie quoll mit einem dickflüssigen Schmatzen in den fein ziselierten Silberbecher. Mansaar hatte den Eindruck, als ob der Becher sich wehren wollte, den Inhalt der Flasche aufzunehmen. Vielleicht spielten ihm aber auch seine eigenen Gefühle einen Streich.

Mansaar hatte die Idee, während des Trinkens die Luft anzuhalten, um den Geschmack nicht allzu deutlich wahrzunehmen. Also hielt er sich mit der linken Hand die Nase zu und hob das kostbare Gefäß an. Es kostete all seine Überwindung, den Becher an die Lippen zu führen.

Mit geschlossenen Augen kippte Mansaar den Inhalt des Bechers auf einen Zug hinunter. Beim Schlucken spürte er plötzlich, dass auch kleine Brocken in der Flüssigkeit enthalten waren. Überhaupt war der Begriff »Flüssigkeit« fehl am Platz, denn das Zeug schien in seinem Hals zu kleben, anstatt hinabzurutschen. Vor lauter Überraschung stieß er die Luft aus und atmete wieder tief ein, was er sofort bereute, denn er bekam den vollen Geruch des Arzneimittels in die Nase.

Mansaar spürte eine jähe Übelkeit in sich aufsteigen, die er nur mit äußerstem Willen niederkämpfen konnte. Er nahm einen frischen Silberbecher und füllte ihn mit klarem Wasser aus einer Karaffe, die auf einer niedrigen Anrichte neben seinem Schreibtisch stand. Eilig führte er den Becher an den Mund und leerte ihn mit gierigen Schlucken.

Das klebrige Gefühl in seinem Hals verschwand erst nach einem zweiten Becher einigermaßen. Schwer atmend ließ er sich rückwärts auf den Diwan fallen und schloss die Augen. Doch an Schlaf war nicht zu denken, denn nach wenigen Augenblicken begann es in seinen Eingeweiden zu rumoren und Mansaar krampfte sich bei jeder Kontraktion seines Bauches zusammen.

So verbrachte er lange Stunden mit Krämpfen und kurzen Erholungspausen. Auch der Tee, den ihm seine Frau zwischendurch brachte, konnte sein Leiden nicht lindern. Erst in den frühen Morgenstunden ließen die Schmerzen nach, und er fiel in einen unruhigen Schlaf.

Als er Stunden später erwachte, hatte Mansaar das Gefühl, nur wenige Momente geschlafen zu haben, so erschöpft war er. Mühsam setzte er sich auf und spürte in sich hinein. Die Krämpfe und Schmerzen waren verschwunden, stattdessen hatte sich ein taubes Gefühl in seinem Bauch breitgemacht.

Mansaar schleppte sich in die Küche, um etwas zu essen, doch mehr als ein paar frische Datteln und ein Glas Ziegenmilch, die ihm seine Frau servierte, bekam er nicht hinunter. Schon diese einfache Mahlzeit strengte ihn so sehr an, dass ihm Schweißperlen auf die Stirn traten.

Wie er so erschöpft in der Küche saß, wurde ihm klar, dass er das Teufelszeug des Arztes kein zweites Mal trinken würde. Mansaar mochte sich gar nicht erst vorstellen, was der Heiler da zusammengemischt haben könnte, doch er war sich sicher, dass die Menschen davon nur aus einem Grund gesund werden konnten: aus Angst, die grausliche Flüssigkeit nochmals trinken zu müssen!

Dies war das Ergebnis des zweiten Arztbesuches.

Blut und Wasser

Mansaar überlegte, was er nach diesem zweiten Misserfolg als Nächstes tun sollte. Die Zuversicht in die Künste der Ärzte war fast geschwunden, dennoch entschloss er sich letztendlich, den dritten Arzt auf der Liste seiner Freunde aufzusuchen. Schließlich konnten ja nicht alle Behandlungen solche verheerenden Auswirkungen auf ihn haben. Doch zuerst wollte er sich noch etwas von den Strapazen der letzten Nacht erholen.

Als Mansaar am nächsten Tag erwachte, fühlte er sich deutlich besser, wie auch sein immenser Appetit bewies. Schließlich hatte er seit mehr als einem Tag so gut wie nichts gegessen. Er genehmigte sich ein ausgiebiges Frühstück aus süßem Obst, gekochten Eiern, gewürztem Fladenbrot mit gegartem Gemüse und frischer Ziegenmilch.

Solchermaßen gestärkt machte er sich zum dritten Arzt auf. Der Weg war weiter als zu den anderen beiden, doch Mansaar genoss nach mehreren Tagen körperlicher Strapazen den Gang durch die engen Gassen genauso wie die vielfältigen Gerüche der Stadt.

An seinem Ziel angekommen, wunderte sich Mansaar, dass der Heiler seine Behandlungsräume in einem kleinen Haus eingerichtet hatte, in dessen Hinterhof er viele kleine und große Wasserbehälter entdecken konnte, die durch ein ausgeklügeltes System aus Bambusrohren miteinander verbunden waren. Aus manchen Becken wuchsen hohe Wasserpflanzen, andere waren mit braunen Leinentüchern abgedeckt. Angestellte des Arztes gingen zwischen den Becken und Bottichen hin und her, stiegen über Verbindungsrohre oder duckten sich unter ihnen hinweg, öffneten die Behälter, entnahmen ihnen etwas und deckten sie wieder ab. Sowohl im Haus als auch auf dem Hinterhof herrschte geschäftiges Treiben.

Mansaar wurde nach einer geraumen Wartezeit in ein Zimmer geführt, das so feucht war, dass in den Ecken Moos und kleine Pflanzen wuchsen. Es war mit zwei Hockern und einem großen Holzbrett auf zwei Böcken, das – so vermutete Mansaar – als einfacher Tisch herhalten musste, sehr spärlich ausgestattet.

Kurz nach Mansaar betrat ein dicker Mann mit einer Glatze und einem dünnen Bart den Raum. Mansaar konnte den Farbton seiner dunklen Kleidung nicht eindeutig bestimmen, denn die Hose und das Hemd waren feucht und klebten ihrem Träger am rundlichen Leib.

Der Arzt setzte sich auf einen der beiden Hocker und wedelte aufgeregt mit den Händen, um seinem Patienten mitzuteilen, dass er sich ebenfalls niederlassen sollte. Dieser verstand die Aufforderung und nahm gegenüber dem wohlbeleibten Mann Platz. Mansaars Anspannung wuchs, als er zum dritten Mal innerhalb weniger Tage einem wildfremden Mann seine Geschichte erzählte – in der Hoffnung, dass dieser ihm endlich helfen konnte.

Sein Gegenüber hatte den Kopf auf die Hände gestützt und die Augen geschlossen. Nachdem Mansaar seine Schilderung beendet hatte, reagierte der Arzt zuerst nicht. Erst als Mansaar teilweise absichtlich und teilweise aufgrund des nach wie vor vorhandenen Reizes im Hals hustete, schien der Arzt aus seiner Apathie hochzuschrecken. Mansaar vermutete, dass er weggenickt gewesen war und fragte sich, wie der Mann eine Diagnose stellen wollte, wenn er die Hälfte seiner Schilderung verschlafen hatte.

»Schön, schön, schön«, antwortete der Mann mit den feuchten Kleidern und rieb sich erfreut die Hände. »Das ist mein Spezialgebiet: Blutstau in den ablaufenden Gefäßen! Das haben wir in ein oder zwei Tagen wieder im Griff.«

Diese euphorische Aussage zeigte bei Mansaar durchaus Wirkung, allerdings beruhigte sie ihn nicht, vielmehr erzeugte sie in ihm eine schlechte Vorahnung. Die Situation erinnerte ihn doch sehr an die beiden vorangegangenen Konsultationen. Und wie die ausgegangen waren, konnte er noch am ganzen Leib spüren.

Daher war es nicht verwunderlich, dass Mansaar insgeheim schnell zu dem Entschluss gelangt war, die »Medizin« des Arztes nicht einzunehmen, egal, was dieser ihm verordnete. Doch es sollte anders kommen.

Der Arzt watschelte wie eine Ente über den feuchten Boden zur Tür und rief einen Namen in den Flur. Kaum war die entsprechende Person erschienen, gab er ihr leise geflüsterte Anweisungen, die Mansaar nicht verstehen konnte.

Nachdem er die Tür geschlossen hatte, bedeutete der Arzt Mansaar, den Oberkörper frei zu machen und sich bäuchlings auf das Holzbrett zu legen, das sich nun als improvisierte Liege entpuppte. Währenddessen schloss er die dünnen Läden vor dem Fenster, sodass es dämmrig im Raum wurde. Dem Patienten hingegen dämmerte langsam, dass er wohl direkt vor Ort behandelt werden sollte. Wozu er sich ausziehen sollte, blieb ihm allerdings ein Rätsel. Doch der Arzt war so bestimmt in seinen Forderungen, dass Mansaars Widerstand verpuffte wie ein Wassertropfen auf einem heißen Stein. Also legte er sich wie angeordnet auf das Brett, verschränkte die Arme unter dem Kopf und harrte nervös der Dinge, die da kommen würden.

Kurze Zeit später hörte er, wie sich die Tür des Raums öffnete und gleich darauf wieder schloss. Hinter der Holzbrett-Liege wurde etwas auf den Boden gestellt. Mansaar vernahm das leise Plätschern von Wasser. Er atmete erleichtert die Luft aus, die er unwillkürlich angehalten hatte. Solange er nur mit Wasser behandelt wurde, konnte es so schlimm nicht werden.

Einen Augenblick später spürte er eine nasse Hand auf seinem Rücken, die an mehreren Stellen feuchte Spuren hinterließ. Mansaar hatte den Eindruck, dass sich an diesen Stellen etwas bewegte, doch wahrscheinlich waren das nur Wassertropfen, die an seiner Seite und auf dem Rücken hinunterliefen.

Plötzlich spürte er erst an einer Stelle, dann an allen anderen ein kurzes Ziehen oder Stechen, das jedoch gleich wieder aufhörte. Mansaar kam nicht dazu, den Arzt danach zu fragen, denn dieser meinte: »Bleib so lange liegen, bis ich wiederkomme! Die Prozedur wird eine kleine Weile dauern. Mein Gehilfe wird ab und zu nach dir sehen.«

Schon schloss sich die Tür zu dem Raum, in dem Mansaar bäuchlings mit nassem Rücken auf einem Brett lag. Das Ganze kam ihm recht merkwürdig vor, doch da er keine Schmerzen hatte, schloss er die Augen und war nach wenigen Augenblicken eingeschlafen.

Mansaar erwachte, als er erneut das Gefühl hatte, auf seinem Rücken würde sich etwas bewegen. Aus dem Gefühl wurde Gewissheit, als plötzlich etwas an seiner Seite hinabrutschte und neben ihm auf das Brett plumpste.

Als er den Kopf vorsichtig drehte, um nachzusehen, was da von seinem Rücken gefallen war, regte es sich an weiteren Stellen auf seinem Rücken. Mansaar konnte in dem dämmrigen Raum wenig mehr als ein etwa daumendickes und fingerlanges Etwas erkennen – das sich auf dem Holz krümmte und wand.

Übelkeit stieg in ihm auf, als Mansaar erkannte, dass kleine, wurmartige Tiere von seinem Rücken gefallen waren. Er wollte gerade entsetzt aufspringen, als er eine erstaunlich kräftige Hand zwischen seinen Schulterblättern fühlte, die ihn mit sanfter Gewalt wieder auf das Holzbrett drückte.

»Du musst liegen bleiben, bis wir die Wunden verbunden haben«, ertönte die Stimme des Arztes von seitlich neben ihm. »Unsere kleinen Freunde haben die Angewohnheit, ihren Mittagstisch recht unordentlich zu verlassen!« Mit diesen Worten sammelte er die Tiere ein und legte sie in eine kleine Schale.

Mansaar sah den Arzt fragend an.

»Der Aderlass mit Blutegeln hat zur Folge, dass sich die Wunden ein paar Stunden lang nicht schließen«, entgegnete der Arzt. »Daher müssen wir dir einen Verband anlegen, den du die nächsten beiden Tage nicht abnehmen darfst!«

Mansaar spürte, wie sein Rücken mit Bandagen belegt wurde, dann sollte er sich aufsetzen. Tranceartig gehorchte er und ließ die Beine über den Rand der improvisierten Liege baumeln. Er fühlte sich so schwach, dass er fast von dem Brett gekippt wäre, doch die starken Hände des Arztes zogen ihn zurück und hielten ihn aufrecht, während sein Gehilfe einen weichen Verband um seinen Oberkörper wickelte.

Später wusste er weder, wie er sich angezogen hatte, noch, wie er in sein Haus gekommen war. Er wusste nur eines: Es ging ihm schlecht! Obwohl der Arzt ihm versichert hatte, dass die Prozedur nicht schmerzhaft sein würde, brannte sein Rücken an mehreren Stellen, als ob man ihn mit glühenden Nadeln gepeinigt hätte. Die Bissstellen der Blutsauger pochten im Takt seines Herzschlags.

Erst nach einem Tag hatten sich die Wunden geschlossen, und nach einem weiteren Tag konnte sich Mansaar auf den Rücken drehen. Mit offenen Augen lag er in einer Art Wachtraum auf seinem Bett und fühlte sich, als ob man ihm sämtliche Energie entzogen hatte. Selbst zum Essen war er zu müde. Damaris brachte ihm mehrmals am Tag frisches Essen und Trinken, doch bis auf ein paar Gläser Wasser und Ziegenmilch nahm er nichts zu sich.

Dies war das Ergebnis des dritten Arztbesuches.

Freunde und
nächtliche Verfolger

Also hatte auch die Konsultation des letzten Arztes kein positives Ergebnis gebracht.

Was sollte er nur machen? Wer konnte ihm noch helfen? Er hatte das Gefühl, offenen Auges auf einen Abgrund zuzurasen, ohne daran etwas ändern zu können.

Seine Verzweiflung wurde so stark, dass er des Lebens überdrüssig wurde. Er wusste nicht, wie er so weiterleben sollte. Auch der Gedanke an seine Frau und seine Kinder brachten keinen Trost. Vielleicht waren die drei ja sogar besser dran, wenn es ihn nicht mehr gab? Er brachte schließlich Unruhe und schlechte Laune ins gemeinsame Heim. Warum also sich und seine Familie noch weiterquälen?

Mansaar konnte nur noch stoßweise nach Atem ringen und spürte, wie sich neben der unendlichen Verzweiflung eine durchdringende Traurigkeit in seinem Bauch breitmachte und langsam seine Brust einschnürte. Sie wollte sich weiter ausdehnen, seinen Hals hinaufwandern und

Mansaar war fast bereit, sich diesem Gefühl hinzugeben, als er überrascht merkte, wie Tränen in seine Augen stiegen.

Dies war der Moment, in dem sein Verstand wieder die Kontrolle über seine Emotionen erlangte.

Tränen waren ein Zeichen von Schwäche, und Schwäche war etwas, das sich Mansaar nicht erlauben konnte. Zum einen war er ein Mann, zum anderen ein erfolgreicher Händler. Zwei Gründe, warum er stark sein musste und nicht weinen durfte. Das letzte Mal hatte er als kleiner Junge geweint, als sich eines seiner Lieblingspferde im Karawanenhof seines Vaters den Fuß gebrochen hatte und von seinen Leiden erlöst werden musste.

Mansaars Vater hatte damals bemerkt, dass er weinte, und ihm sehr eindringlich klargemacht, dass ein erfolgreicher Händler stark sein müsse und sich keine Blöße geben dürfe, um nicht angreifbar zu sein. Und Tränen waren laut seinem Vater eine sehr große Schwäche. Er hatte von seinem Sohn, der einmal sein Geschäft übernehmen sollte, Stärke erwartet.

Mansaar hatte sich diese Erfahrung zu Herzen genommen und seine Gefühle hinter eine feste Mauer aus Selbstkontrolle gesperrt. So erlangte er äußerlich seine Fassung wieder zurück, wenn die Verzweiflung auch sehr dicht unter der Oberfläche kochte.

Er benötigte mehrere Tage, bis er sich wieder erholt hatte und sich aus dem Haus traute. An diesem Abend fand das übliche Treffen mit seinen Freunden in einer Taverne des Soukhs statt. Am letzten gemeinsamen Abend hatte er nicht teilgenommen, da er mit den Auswirkungen der Kräutertherapie zu kämpfen gehabt hatte. Oder war es die Übelkeit nach der Trinktherapie gewesen? Er wusste es nicht mehr und es war ihm auch egal.

Es kostete ihn einige Überwindung, an dem Treffen teilzunehmen, denn er befürchtete, von seinen Bekannten über die Ergebnisse der Arztbesuche ausgefragt zu werden. Und so kam es auch. Doch Mansaar verzichtete auf eine detaillierte Schilderung seiner Erlebnisse, er erzählte lediglich, dass er die vorgeschlagenen Ärzte aufgesucht hatte und deren Behandlungen fruchtlos geblieben waren.

Zu seiner Verwunderung konnten diejenigen aus der Runde, die die jeweiligen Ärzte vorgeschlagen hatten, von keiner erfolgreichen Behandlung berichten. Sie hatten die Ärzte lediglich empfohlen, weil sie gehört hatten, dass die drei sehr hohe Honorare verlangten und dementsprechend wahrscheinlich auch gut sein mussten. Zu guter Letzt kamen alle am Tisch überein, dass man bei der Auswahl seines Arztes wohl sorgfältiger sein musste. Diese drei würde man jedenfalls nicht mehr weiterempfehlen.

Damit schien die Angelegenheit für Mansaars Freunde erledigt, denn die Gespräche wendeten sich wieder wichtigeren Themen zu wie dem aktuellen Marktpreis von getrockneten Feigen und der bevorstehenden Vermählung einer Tochter des wichtigsten Händlers der Stadt.

Nur zwei Personen blieben an diesem Abend schweigsam. Der eine war Mansaar, der gedankenversunken und niedergeschlagen die vorbeieilenden Menschen beobachtete und darüber nachgrübelte, wie sehr doch der Wert eines Menschen oder einer Sache durch das Geld bestimmt wurde. Er hatte gerade am eigenen Leib erfahren, dass die Höhe eines Honorars keine Aussage über die Qualität der dafür erbrachten Leistung zuließ. Gleichzeitig war er verwundert, wie schnell man eine Empfehlung für etwas aussprach, ohne über entsprechende Informationen zu verfügen und ohne sich über die möglichen Konsequenzen im Klaren zu sein. War es eine Erhöhung des eigenen Ansehens, wenn man wichtige Bekannte hatte, was man über eine Empfehlung andeutete? Mansaar rauchte der Kopf bei diesen ungewohnt tiefgründigen Fragen.

Der zweite am Tisch, der wenig redete, war Saroush. Er warf Mansaar hin und wieder einen verstohlenen Blick zu und hing ansonsten seinen Gedanken nach. Irgendwann stand er auf und verabschiedete sich mit der Begründung, er habe am nächsten Tag einen wichtigen Kunden zu Besuch und wolle daher nicht zu spät zu Bett gehen. Dies wurde in der Runde selbstverständlich widerspruchslos akzeptiert, daher machte auch niemand Anstalten, Saroush zum Bleiben zu bewegen. Als sich kurze Zeit später auch Mansaar erhob, um nach Hause zu gehen, hatten die Anwesenden ebenfalls keine Einwände, denn sie sahen ihm an, dass er nach den Anstrengungen der vergangenen Tage noch Erholung nötig hatte.

Mansaar verließ die Taverne und nahm den üblichen Weg nach Hause. Da sich die Sonne bereits den fernen Bergen am Horizont näherte, wich die drückende Hitze langsam aus den Gassen der Stadt. Stattdessen füllten diese sich mit den Besuchern und Bewohnern des Soukhs, welche die kühleren Abendstunden der sengenden Glut des Tages vorzogen. Während er sich durch die wogende Menschenmenge schob, hatte Mansaar den Eindruck, verfolgt zu werden. Er drehte sich mehrmals um, doch er konnte niemanden entdecken, der ihm nachstellte. Als er einige unübliche Abzweigungen genommen und sich das ungute Gefühl noch nicht verflüchtigt hatte, schlüpfte er unvermittelt in eine schmale Gasse zwischen zwei Marktständen und drückte sich eng an eine Hauswand.

Sein Herz schlug schneller, als Mansaar eine Person entdeckte, die im Schatten eines Marktstandes stehen blieb und in die Gasse schaute, in die Mansaar verschwunden war. Sein Gefühl hatte ihn also nicht getäuscht, er wurde verfolgt. Anscheinend war es in der Gasse zu dunkel, als dass der Verfolger Mansaar an der Hauswand erkennen konnte.

Mansaar kam die Silhouette bekannt vor.

Der Verfolger hatte bemerkt, dass Mansaar in diese Gasse abgebogen war, doch schien er unschlüssig, ob er ihm hinterhergehen sollte. Er sah sich nach allen Seiten um und entschied sich nach wenigen Augenblicken doch, ihm zu folgen. Als er vorsichtig in die Gasse trat und sich seine Augen an die Dunkelheit gewöhnt hatten, entdeckte er Mansaar und blieb erschrocken stehen.

Nicht weniger überrascht war Mansaar, denn der Verfolger war niemand anders als Saroush.

»Saroush«, entfuhr es Mansaar. »Warum verfolgst du mich? Ich dachte, du wolltest nach Hause gehen?«

Der überraschte Saroush schaute verlegen zu Boden. »Ich …«, antwortete er stotternd, »ich wollte dich nicht erschrecken, entschuldige bitte.«

»Warum bist du mir gefolgt?«, fragte der noch immer verwirrte Mansaar erneut.

»Ich wollte mit dir über deine Krankheit reden.«

»Meine Krankheit?«, fragte Mansaar verstört.

»Ja«, entgegnete Saroush und sah Mansaar nun direkt ins Gesicht.

Mansaar schüttelte verständnislos den Kopf. »Warum hast du nicht mit mir darüber geredet, als wir mit unseren Freunden im Soukh saßen?«

»Freunde?« Saroush schnaubte verächtlich. »Das sind keine Freunde. Denk doch nur daran, zu welchen ›Heilern‹ sie dich geschickt haben und wie schnell sie danach wieder bei den üblichen Gesprächen waren. Da interessiert sich doch keiner wirklich dafür, wie es dir geht. Die haben doch nur ihren Reichtum im Kopf.« Nun war es an Saroush, den Kopf zu schütteln. »Nein, Freunde sind das nicht. Deshalb wollte ich auch allein mit dir reden.«

»Wir kennen uns nun seit vielen Jahrzehnten, aber ich habe dich noch nie so ernst gesehen«, sagte Mansaar mehr zu sich selbst als zu Saroush. »Das weckt einerseits meine Neugier, andererseits beunruhigt es mich.«

»Das glaube ich dir gern«, entgegnete Saroush schnell. »Eigentlich möchte ich weniger über deine Krankheit mit dir reden als vielmehr über deine Bemühungen, jemanden zu finden, der dich davon kurieren kann.«

Mansaar hob überrascht und etwas missgelaunt die Augenbrauen. »Hast du etwa auch noch einen Quacksalber, den du mir empfehlen möchtest? Dann kannst du dir das Gespräch sparen, ich habe in den letzten Tagen genug unter den Ratschlägen anderer gelitten!«

»Ich möchte dir keinen weiteren Heiler empfehlen, Mansaar.« Beschwichtigend hob Saroush seine Hände. »Dennoch kenne ich eine Person, die dir vielleicht weiterhelfen kann.«

»Jemand, der kein Heiler ist, soll mir helfen können?«, fragte Mansaar zweifelnd. »Und wie kommt es, dass du eine solche Person kennst und mehr über meine Krankheit weißt, als du anscheinend vor unseren Freunden erzählen wolltest?«

Wieder wanderte Saroushs Blick verlegen zu Boden. »Weil ich vor einigen Jahren selbst unter einer ähnlichen Krankheit litt«, entgegnete er leise.

»Du?« fragte Mansaar überrascht. »Warum hast du mir das nicht erzählt? Wie bist du wieder gesund geworden?«

»Nun, ich wollte damals keine Schwäche zeigen und habe zuerst versucht, allein mit der Situation fertigzuwerden. Doch als das nicht funktionierte, bin ich durch Zufall auf jemanden gestoßen, der mir geholfen hat, wenn ich auch anfangs etwas skeptisch war.«

»Schwäche zu zeigen kann sich niemand von uns leisten! Wer ist diese Person und wie hat sie dir geholfen?«

»Es ist ein Mann, der andere Wege geht als gewöhnliche Heiler«, meinte Saroush verschwörerisch. »Über die Hilfe, die er dir vielleicht angedeihen lassen kann, darf ich nicht reden.«

Mansaar stieß verächtlich die Luft aus. »Du darfst also nicht über diesen geheimnisvollen Mann reden und mir auch nicht sagen, welche Medizin er dir verabreicht hat?« Ungläubig schüttelte er den Kopf. »Du stellst unsere Freundschaft auf eine harte Probe, Saroush.«

»Ich weiß«, nickte Mansaars Gesprächspartner ernst. »Doch gerade weil ich dein Freund bin, bitte ich dich, mir zu vertrauen. Du kannst dich jederzeit dafür entscheiden, deine Krankheit auf anderem Weg zu bekämpfen.«

»Du weißt sehr wohl, wie meine jüngsten Versuche, Heilung zu finden, ausgegangen sind«, meinte Mansaar resigniert und die tiefe Verzweiflung erfüllte wieder seine Seele. »Ich wüsste nicht, wo ich nun noch Hilfe finden könnte.«

Mansaar dachte über seine Situation nach. Saroush schwieg, denn er ahnte, welche Gedanken im Kopf seines Freundes herumschwirrten und welchen Kampf er mit sich selbst kämpfte: Sollte Mansaar sich auf den Weg des Fremden einlassen oder weiterhin versuchen, seine Leiden auf herkömmliche Weise zu lindern? Und er wusste auch, dass Mansaar diese Entscheidung ganz allein treffen musste.

»Ich vertraue dir, Saroush«, meinte Mansaar leise, fast traurig nach ein paar schweigsamen Augenblicken, »und wenn du der Meinung bist, dieser Mann könnte mich heilen, dann möchte ich ihn kennenlernen!«

Saroush atmete erleichtert aus. »Das freut mich!« Soeben hatte sein Freund den wichtigsten Schritt auf dem Weg zu seiner Genesung getan.

»Wann können wir deinen mysteriösen Bekannten aufsuchen?«

»Wenn du möchtest, sofort. Es ist noch früh am Abend«

Mansaar überlegte kurz. Dann richtete er sich auf und straffte die Schultern. »Lass uns gleich dorthin gehen. Ich möchte so schnell wie möglich wieder gesund sein. Meine Familie und meine Geschäfte haben genug gelitten.«

Mit diesen Worten trat Mansaar an Saroush vorbei in die Gasse des Soukhs. Saroush kommentierte die letzten Worte Mansaars mit einem stillen Blick, der seine Besorgnis widerspiegelte. Doch er sagte nichts und folgte Mansaar nach einem Augenblick.

Eine Hütte in der Stadt

Die beiden gingen eine Weile schweigend nebeneinander her. Saroush gab die Richtung vor. Langsam verließen sie die wohlhabenderen Stadtteile und kamen in Viertel, denen man ansah, dass die Bewohner keine großen Reichtümer besaßen. Die Gassen waren enger, die Häuser älter und einfacher. Das helle Weiß frischer Tünche ging langsam in die natürlichen Erdfarben unverputzter Wände über. Die wuchtigen, reich verzierten Tore machten kleinen, versteckten Pforten Platz, die sich in die Nischen der Gassen drückten. Dennoch konnte man erkennen, dass die Anwohner auf Reinlichkeit achteten. Die Gassen waren zwar staubig, aber frei von Schmutz und Unrat.

Doch je weiter die beiden Männer gingen, desto mehr wandelte sich auch dieses Bild. In den Außenbezirken der Stadt wichen die mehrstöckigen Häuser niedrigen Hütten, von denen viele keine Fenster oder lediglich Löcher in den Wänden zum Luftaustausch besaßen. Die Katen standen nun nicht mehr so eng zusammen, und ab und zu fand sich auch ein Baum oder Busch davor.

Mansaar kam die Gegend bekannt vor, obwohl er sich nicht bewusst daran erinnern konnte, schon einmal hier gewesen zu sein. Entweder war er auf seinen ausgedehnten Streifzügen durch die Stadt hier vorbeigekommen oder die ärmeren Viertel ähnelten sich so sehr, dass er sie nicht auseinanderhalten konnte.

Die beiden Männer hatten auf ihrem bisherigen Weg kein Wort miteinander gewechselt. Saroush war froh, dass Mansaar ihm vertraute. Er wollte dieses dünne Band nicht durch ein unbedachtes Wort zerreißen. Mansaar hingegen nahm die Eindrücke der Umgebung auf und wunderte sich, wohin Saroush ihn wohl führen und was ihn dort erwarten würde.

Mansaar war kurz davor, ihn zu fragen, wie weit sie noch gehen müssten, als Saroush sagte: »Wir sind da.«

Sie waren vor einer niedrigen Kate am Rande eines staubigen Platzes stehen geblieben, die aus nicht viel mehr als einem einzigen Raum bestehen konnte. Sie war nach hinten versetzt zwischen zwei größeren Hütten eingezwängt und so unscheinbar, dass Mansaar sie wohl nicht bemerkt hätte, wenn er nicht darauf aufmerksam gemacht worden wäre. Eine niedrige Öffnung, die mit mehreren zusammengenagelten Brettern notdürftig verschlossen war, diente als Tür.

»Hier?«, fragte Mansaar erstaunt.

Saroush fixierte die Hütte und nickte kaum merklich mit dem Kopf. »Ja«, antwortete er leise.

Mansaar breitete mit einem ungläubigen Gesicht die Arme aus. »Bist du dir sicher, dass irgendjemand hier einem erfolgreichen Händler wie mir helfen könnte?«

Ohne den Blick von der Kate zu nehmen entgegnete Saroush: »Du warst bei drei der wohlhabendsten Ärzte der Stadt. Ihre Häuser lagen in den prächtigsten Vierteln und deine Erwartungen waren so hoch wie die Summe, die du ihnen bezahlt hast. Doch sage mir: Konnten sie dich von deinem Leiden kurieren?«

Mansaar atmete deutlich hörbar aus. Es schien, als ob mit diesem Ausatmen die gesamte Energie aus ihm wich. »Nein«, antwortete er leise.

Nun wandte Saroush sich zu seinem Begleiter um und sah ihm in die Augen.

»Dann bitte ich dich, hier nicht den gleichen Fehler zu machen, indem du danach urteilst, was dir deine Augen zeigen und dir dein Verstand weismachen möchte.«

»Ich habe nichts anderes gelernt als die Dinge, die ich sehe, mit meinem Wissen und meiner Vernunft zu bewerten«, sagte Mansaar verwirrt. »Wie soll ich stattdessen urteilen?«

Saroush legt ihm sachte eine Hand auf die Brust. »Mit dem Herzen, mein Freund, mit dem Herzen.«

Der alte Mann

Saroush drehte sich um und ging gemächlichen Schrittes auf den Eingang der Kate zu. Mansaar blieb zunächst stehen, doch dann fasste er sich ein Herz und folgte Saroush. Je näher er der ärmlichen Behausung kam, desto aufgeregter wurde er, was er sich nicht erklären konnte. Schließlich war er bei den Konsultationen der drei Ärzte auch nicht nervös gewesen. Welchen Grund sollte es also hier geben?

Saroush klopfte an die einfache Brettertür und wartete auf eine Antwort aus der Hütte. Mansaar hörte keine Erwiderung, doch Saroush schob nach einem Augenblick die Tür auf, senkte den Kopf unter dem niedrigen Türstock und betrat die Kate. Mansaar atmete einmal tief ein und folgte ihm.

Da die Hütte nur im hinteren Bereich zwei kleine, mit hellen Stoffen behängte Fenster hatte, die das Innere erhellten, und das wenige Licht, welches durch die Tür dringen wollte, von den Körpern der beiden Besucher zurückgehalten wurde, erkannte Mansaar zunächst nichts. Als sich seine Augen langsam an das schummrige Licht gewöhnten, konnte er weiterhin nur wenig sehen, denn der Raum war fast leer. Lediglich vor der rechten Wand waren die schemenhaften Umrisse eines Menschen zu erkennen, der mit verschränkten Beinen auf dem Boden saß.

Als Saroush einen Schritt nach vorn machte, fand etwas mehr Licht den Weg in das Innere der kleinen Hütte und Mansaar konnte erkennen, dass es sich um einen alten Mann handelte, der mit überkreuzten Beinen und gefalteten Händen auf einem alten, ausgefransten Teppich saß. Er hatte ein schmales Gesicht, eine Glatze und war in ein helles, naturfarbenes Gewand gekleidet, das den gesamten Körper bedeckte. Sein Alter anhand der verwitterten Gesichtszüge zu schätzen war unmöglich, aber es handelte sich gewiss um einen der ältesten Menschen, die Mansaar je gesehen hatte.

Das Erstaunlichste aber waren seine Augen. Wie zwei funkelnde blaue Perlen stachen sie aus dem dunkelbraunen Gesicht hervor und musterten die beiden Besucher neugierig und aufmerksam. Sie weiteten sich kurz vor Freude, als der Mann Saroush erkannte. Der trat vor den Alten, kreuzte beide Unterarme vor der Brust und verneigte sich tief und ehrfurchtsvoll.

Nur ein einziges Wort kam aus Saroushs Mund: »Sidi!«

Mansaar war erstaunt. Er fragte sich, wer dieser Mann wohl sein mochte, dass ihm sein Freund mit der Anrede »Herr« eine solche Wertschätzung erwies. Der Alte streckte eine Hand aus, die Saroush mit seinen eigenen Händen umschloss und respektvoll küsste.

»Saroush! Willkommen in meiner bescheidenen Hütte«, begrüßte der alte Mann seinen Besucher. Wieder war

Mansaar überrascht, denn die sanfte und doch gleichzeitig feste Stimme passte so gar nicht zu der vor ihm sitzenden Erscheinung. Die feinen Härchen auf seinen Unterarmen stellten sich auf, als wollten sie sich dieser wohltönenden Stimme entgegenrecken.

Saroush trat zur Seite und machte Platz für Mansaar, auf den sich nun der offene, aber auch neugierige Blick des Mannes richtete. Mansaar hatte das Gefühl, nackt zu sein, so durchdringend hefteten sich die Augen seines Gegenübers auf ihn. Er musste nach einem kurzen Moment den Kopf senken, er konnte dem Blick nicht standhalten.

»Mansaar, darf ich dir Tanzil akh Ubaid vorstellen«, sagte Saroush. »Sidi, darf ich dir Mansaar Ibn Sabri vorstellen, einen langjährigen Freund.«

Beide Männer legten eine Hand aufs Herz und verneigten sich kurz förmlich voreinander. Tanzil forderte seine Besucher mit einer einladenden Geste auf, ihm gegenüber Platz zu nehmen.

Während Mansaar sich noch suchend umschaute, worauf er sich setzen sollte, hatte sich Saroush bereits ohne viel Aufhebens mit verschränkten Beinen auf dem staubigen Boden niedergelassen. Mansaar seufzte leise, rief sich in Erinnerung, dass er seine Kleidung nach diesem Besuch wieder reinigen lassen konnte, und setzte sich mit mehreren Handbreit Abstand neben Saroush auf den Boden.

Der alte Mann musterte Saroush aufmerksam, als ob er durch bloße Beobachtung im Innersten des vor ihm Sitzenden lesen könnte. Zu Mansaars Erstaunen hielt

Saroush dem intensiven Blick mit einem Lächeln um die Mundwinkel stand.

»Wir haben uns einige Jahre nicht gesehen«, sagte der Alte an Saroush gewandt. »Was führt dich zu mir?«

Saroush wurde schlagartig ernst. »Es geht um meinen Freund Mansaar«, begann er und wies mit der Hand auf den neben ihm Sitzenden. »Seit ein paar Wochen leidet er unter einer Krankheit, die kein Arzt kurieren konnte. Da du vor einiger Zeit mir in einer ähnlichen Situation geholfen hast, dachte ich, dass du dich vielleicht auch seiner annehmen könntest.«

»Nun, auch wenn sich Beschwerden äußerlich ähnlich sind, unterscheiden sie sich doch in einem wesentlichen Punkt, der entscheidend für eine Genesung ist: Die Menschen, die an ihnen leiden, sind verschieden«, entgegnete Tanzil und richtete seinen forschenden Blick auf Mansaar. »Ob das, was dir geholfen hat, auch deinem Freund helfen kann, vermag ich, ohne ihn besser zu kennen, nicht zu sagen.«

Mansaar sackte etwas in sich zusammen, denn seine gerade aufgekeimte Hoffnung verlosch wie ein kleiner Funke im kalten Regen.

»Allerdings«, entgegnete Tanzil, der Mansaars Enttäuschung wahrgenommen hatte, »gibt es einen weiteren Punkt, der ebenso entscheidend für die Gesundung ist: Die meisten Menschen – so unterschiedlich sie äußerlich auch sein mögen – leiden unter denselben Beschwerden und können daher auch gleich behandelt werden.«

Mansaar verstand nicht, wieso, doch sofort war der Hoffnungsschimmer wieder da. Wie konnte es sein, dass die Behandlung durch drei berühmte Ärzte erfolglos blieb, doch schon eine Äußerung dieses alten, auf dem Boden sitzenden Mannes in einer schäbigen Kate ihm bereits wieder etwas Zuversicht gab?

Mansaar war bewusst, dass man ihm seine Gedanken und Gefühle deutlich ansehen konnte, und er glaubte, dass Tanzil seine Ausführungen hauptsächlich aus dem Grund gemacht hatte, um zu sehen, ob und wie Mansaar reagieren würde.

Nun, er hatte sein Ziel erreicht.

Akzeptanz

»Warum bist du zu mir gekommen?«, fragte Tanzil mit ruhiger Stimme kurze Zeit später, während er seinen Blick weiterhin forschend auf Mansaar gerichtet hielt.

Dessen Antwort ließ nicht lange auf sich warten: »Weil Saroush mich darum gebeten hat.«

Tanzils Augen funkelten, soweit dies im Dämmerlicht der ärmlichen Hütte möglich war.

»Warum bist du zu mir gekommen?«, wiederholte er mit der gleichen ruhigen Stimme.

Mansaar runzelte die Stirn und blickte verwundert zu Saroush, doch der schaute geradeaus und zeigte keinerlei Regung.

Mansaar wandte sich wieder dem alten Mann vor ihm zu und wollte die Antwort wiederholen, da er dachte, Tanzil hätte sie wohl nicht richtig verstanden.

»Nun, wie ich gerade sagte, weil Saroush …«, doch er konnte seinen Satz nicht zu Ende bringen. Tanzil unterbrach seinen Gast durch das Heben seiner kleinen, runzligen Hand.

»Wärst du Saroush vor drei Wochen auch zu mir gefolgt?« fragte Tanzil leise.

Mansaar senkte den Kopf und dachte kurz nach. »Nein, wahrscheinlich nicht.«

»Warum dann heute?«

Wiederum machte Mansaar eine kleine Pause, um seine Gedanken zu ordnen. Erst nach einigen Augenblicken wurde ihm klar, warum er heute hier auf dem staubigen Boden einer kleinen Kate saß.

»Weil kein Arzt meine Krankheit kurieren konnte und ich wieder gesund werden will. Ich habe mir Heilung erhofft.«

Tanzil senkte den Blick auf seine nun wieder gefalteten Hände. Er schien in seine Gedanken vertieft zu sein. Dann nickte er langsam und fast unmerklich mit dem Kopf. Nach wenigen Augenblicken sah er Mansaar wieder fest in die Augen.

»Du wirst noch einige wichtige Lektionen lernen müssen, bevor du geheilt nach Hause zurückkehren kannst, doch die wichtigste steht immer am Anfang. Diese hast du bereits schmerzlich gelernt.«

Mansaar riss neugierig die Augen auf. »Welche Lektion ist das?«

»Akzeptanz«, entgegnete Tanzil leise. »Du hast akzeptiert, dass deine Energielosigkeit, dein Unwohlsein und deine körperlichen Beschwerden nicht losgelöst voneinander zu betrachten sind, sondern aus ein und derselben Quelle gespeist werden. Du hast akzeptiert, dass du krank bist und nicht nur unter einer flüchtigen Schwäche leidest.«

»Was ist diese Quelle?«, fragte Mansaar neugierig.

»Dies herauszufinden ist wesentlicher Bestandteil deiner Genesung«, entgegnete Tanzil. »Du musst diesen Pfad selbst beschreiten, um deine Krankheit zu überwinden.«

Mansaar dachte über das Gesagte nach und musste schließlich zustimmen. »Mein Verstand möchte es nach wie vor nicht wahrhaben, doch mein Gefühl spricht eine deutliche Sprache. Aber warum ist die Akzeptanz meiner Krankheit so wichtig?«

»Ich glaube, du könntest dir die Frage selbst beantworten, dennoch möchte ich dich auf die richtige Fährte bringen«, erwiderte Tanzil und stellte seinem Gegenüber eine Frage: »Wann ist es am wahrscheinlichsten, dass du einem Kunden eine Ware verkaufst?«

Mansaar war bei dieser einfachen Frage auf vertrautem Terrain und musste nicht lange nachdenken. »Es gibt vieles, was den Verkaufserfolg beeinflusst, doch das Wichtigste ist, dass der Kunde die Ware auf jeden Fall haben möchte.«

»Und wenn der Kunde die Ware nicht unbedingt besitzen möchte? Wenn du ihn zu dem Kauf überreden möchtest?«

Der junge Händler winkte lässig ab. »Dann wird er nur einen relativ niedrigen Preis bezahlen oder sie gar nicht erst kaufen.«

»Wenn der Kunde also akzeptiert, dass er die Ware unbedingt haben möchte, ist es wahrscheinlich, dass er sie auch kaufen wird?«

»Genau«, bestätigte Mansaar und begann zu verstehen, worauf Tanzil hinauswollte.

»So ist es auch bei der Heilung deiner Krankheit«, entgegnete er und deutete dabei mit einem dünnen Finger auf Mansaars Herz. »Wenn du nicht akzeptierst, dass du krank bist und nicht aus eigenem Antrieb wieder gesund werden möchtest, sondern stattdessen die Menschen um dich herum für dein Leid verantwortlich machst oder dich für machtlos hältst, solange kannst du nicht gesunden. Du bist der Einzige, der etwas ändern kann! Selbst wenn ich dir erklären würde, was die Quelle deiner Krankheit ist, du würdest nicht gesunden, da du sie nicht selbst entdeckt hättest.«

Tanzil machte eine Pause, um das Gesagte wirken zu lassen, und fuhr dann mit leiser, aber durchdringender Stimme fort. »Die erste und wichtigste Lektion ist die Akzeptanz, dass es sich bei deinem Leiden um eine schwerwiegende und durchaus gefährliche Krankheit handelt, auch wenn man sie dir, anders als bei einem gebrochenen Arm oder einer Schnittwunde am Kopf, nicht ansieht. Daher wird diese Krankheit von Unwissenden oftmals als persönliche Schwäche abgetan und verharmlost. Sie verstehen nicht, dass der Betroffene Hilfe benötigt. Aber auch du selbst musst diese Krankheit akzeptieren, da sie ein Teil von dir ist! Wenn diese Akzeptanz fehlt, ergibt eine Behandlung keinen Sinn, da du nicht bereit bist, Veränderungen an dir und auch an deinem Umfeld zu erlauben.«

Mansaar ließ sich das Gesagte nochmals durch den Kopf gehen und musste zugeben, dass der alte Mann recht hatte, wenn ein Teil seiner Gefühle auch versuchte, dagegen zu rebellieren. Ihm wurde klar, dass es genau jene Gefühle waren, die auf den Erziehungsmustern aus seiner Vergangenheit beruhten: Pflichtbewusstsein, die Rolle als Mann und Ernährer, die er auszufüllen hatte, Perfektionismus und Übereifer. Dadurch spürte er auch, was Tanzil mit *Veränderung* meinte.

»Dass ich etwas an meinem Denken und Handeln verändern muss, klingt plausibel. Aber warum sollte ich an meinem Umfeld etwas ändern? Ich lebe doch so, wie ich es immer wollte, und bin mit meiner Familie glücklich!«

»Bist du dir da sicher?«, fragte Tanzil leichthin. »Oftmals sind gerade die Dinge, die wir als wichtig und wertvoll erachten, ein nicht unerheblicher Ballast. Es ist so, als hätten wir die Taschen voller Gold: Einerseits müssen wir das Gewicht mit uns herumschleppen, andererseits gibt es uns aber auch ein Stück Sicherheit. Diesen Widerspruch können wir dulden, solange wir auf festem Untergrund stehen. Doch wenn wir auf unserem Lebensweg durch einen reißenden Fluss waten müssen, kann es passieren, dass uns das Gewicht des Goldes nach unten zieht und nicht wieder auftauchen lässt.«

Mansaar glaubte zu verstehen. »Du meinst, nichts ist nur positiv? Alle Dinge haben zwei Seiten? Wie eine Münze?«

Tanzil nickte kaum merklich. »Ja. So wie es ohne Oben kein Unten und ohne Licht keinen Schatten gibt, haben alle persönlichen Energiequellen auch einen räuberischen Aspekt. Wir müssen einen Teil unserer Kraft hineinstecken, damit wir mehr zurückerhalten. Das geht solange gut, wie wir nicht mehr Energie verbrauchen, als wir bekommen. Doch gerade bei sehr erfolgreichen und engagierten, fleißigen Menschen wie dir wird die gewonnene Energie schnell wieder verbrannt.«

»Und deshalb muss ich auch an meinem Umfeld etwas verändern?«, fragte Mansaar skeptisch.

»Das wird sich zwangsläufig ergeben, wenn du dich persönlich veränderst«, erwiderte Tanzil. »Alle Bereiche, die dich betreffen, sind miteinander verbunden – und zwar durch dich. Wenn du dich bewegst, hat das unweigerlich auch eine Bewegung in deinem Umfeld zur Folge. Es ist in etwa so, wie wenn du aus einem See die Raubfische entfernen würdest, um die restlichen Fische zu schützen. Eine Zeit lang würden diese sich ungehindert vermehren, dann würde es Krankheiten geben oder ein neuer Räuber würde das ursprüngliche Gleichgewicht wiederherstellen.«

»Du meinst, wenn ich mich verändere und wieder gesunde, hat das auch Einfluss auf mein Umfeld?«

»Ja. Deine Familie, Freunde und Geschäftspartner werden diese Veränderung spüren und darauf reagieren. Manche werden erfreut sein und bei dir bleiben, andere werden sich enttäuscht von dir abwenden. Man weiß leider vorher nie, wer sich wie verhalten wird.«

»Ich bin mir nicht sicher, ob ich das möchte«, sagte Mansaar zweifelnd.

»Was du möchtest, spielt hier keine Rolle, denn du kannst es nicht verhindern! Diese Veränderung hat mit deiner Krankheit bereits begonnen und sie kann nicht mehr rückgängig gemacht werden. Das hast du doch bestimmt schon durch das Verhalten deiner Familie und deiner Freunde bemerkt, oder?«

Mansaar nickte nachdenklich. »Ja. Sie benehmen sich seit einiger Zeit mir gegenüber anders.«

»Du hast den Weg der Heilung in dem Augenblick beschritten, in dem du deine Krankheit akzeptiert hast, denn dadurch hast du die Verantwortung für dich und dein Tun übernommen. Alles, was du nun machen kannst, ist, selbst die Richtung zu bestimmen, anstatt dich treiben zu lassen. Wenn du dagegen ankämpfen würdest, um den ursprünglichen Zustand wiederherzustellen, würdest du deine restliche Energie rasch verbrennen und trotzdem scheitern.«

Tanzil machte eine kurze Pause. Mansaar war von seinen hellen, wissenden Augen förmlich gefesselt.

»Auch das gehört zur Akzeptanz! Du musst die Veränderungen nicht nur bei dir, sondern auch in deinem Umfeld akzeptieren. Deshalb ist Akzeptanz die wichtigste Lektion, die du lernen musst. Sie ist der Schlüssel, der das Tor zu einem neuen Weg öffnet.«

Offenheit und Aufrichtigkeit

In Mansaar keimte Respekt vor diesem Mann auf, dem es in kurzer Zeit gelungen war, ihn derart aufzurütteln. Allmählich ahnte er, warum Saroush ihn hierhergeführt hatte.

Tanzil hatte seinen Kopf gesenkt und schien die ineinandergelegten Hände in seinem Schoß zu betrachten. Nachdem er sich einige Zeit nicht gerührt hatte, fragte sich Mansaar, ob er wohl eingeschlafen sei, doch ein Seitenblick auf Saroush, der den alten Mann aufmerksam beobachtete, ließ Mansaar vermuten, dass das Schweigen und diese konzentrierte Haltung anscheinend nichts Ungewöhnliches bei Tanzil waren.

Als ob Tanzil Mansaars Gedanken gelesen hätte, hob er langsam den Kopf und schaute zur gegenüberliegenden Wand, als ob er durch sie hindurchsehen könnte. Seine nächsten Worte schien er sorgfältig zu wählen: »Nicht jeder Mensch, der Heilung sucht, hat die Kraft und Ausdauer, sich heilen zu lassen. Die meisten wünschen sich eine schnelle Beseitigung ihrer Leiden, ohne Fragen nach deren Ursachen zuzulassen. Doch dies ist keine Heilung,

67

sondern ein Austreten von Glutnestern an der Oberfläche, während man den Schwelbrand darunter ignoriert.«

Tanzil machte eine kurze Pause, bevor er fortfuhr. »Es
gibt viele Möglichkeiten, Leiden zu lindern, aber oftmals
nur einen Weg, wahre Gesundung zu erlangen. Und diesen Weg muss jeder allein beschreiten.«

Er richtete seinen klaren, forschenden Blick auf
Mansaar. »Ich kann dir den Startpunkt des Weges zeigen,
der dich an den einzigen Ort führen kann, an dem du
findest, was du suchst. Doch ich bin mir nicht sicher, ob
du bereit dafür bist.«

Mansaar verstand nicht. »Was ist das für ein Weg, wo
führt er hin und warum sollte ich nicht bereit dafür sein?«

Tanzil nickte wissend mit dem Kopf. »So viele Fragen
und so wenig Geduld«, sagte er leise mehr zu sich selbst
als zu seinen Besuchern. »Ich kann dir nichts über die
Beschaffenheit oder Richtung des Weges sagen«, fuhr er
fort. »Denn ich kenne ihn nicht.«

Mansaars Gedanken schwirrten wie Bienen durch seinen Kopf. »Wie kannst du mir einen Weg empfehlen, den
du nicht kennst?«

»Weil es dein eigener Weg ist. Er entsteht erst dadurch, dass du ihn gehst, also kann ich dir nichts über
ihn erzählen.«

»Mein eigener Weg?«, fragte Mansaar verwirrt.

»Ja. Doch ich kann dir sagen, was du an seinem Ende
finden kannst.«

Mansaars Gefühle schwankten zwischen Neugier und
Aufregung. »Was denn? Heilung von meinen Leiden?«

»Nein, du kannst dich selbst finden.«

Nun war Mansaar vollkommen durcheinander. »Mich selbst?«, fragte er und schüttelte verwirrt den Kopf. »Aber ich habe mich doch gar nicht verloren! Ich lebe das Leben, das ich immer wollte! Alles, was ich brauche, ist etwas mehr Kraft und Energie, damit ich mein Geschäft erfolgreich führen kann.«

»So, meinst du?«, erwiderte Tanzil ruhig. »Erzähle mir doch bitte von deiner Jugend, als du noch nicht als Händler gearbeitet hast. Wie waren deine Eltern?«

Nach kurzem Nachdenken begann Mansaar zu sprechen. »Ich habe schon sehr früh angefangen, im Geschäft meines Vaters auszuhelfen. Etwa im Alter von zwölf Jahren. Meine Mutter habe ich kaum gesehen, da ich den ganzen Tag mit meinem Vater gearbeitet habe.«

»Hast du freiwillig gearbeitet?«

Mansaar schüttelte nachdenklich den Kopf. »Nein. Zuerst nicht. Es war der Wunsch meines Vaters.«

»Wunsch?«, hakte Tanzil nach.

»Nun ja«, erwiderte Mansaar etwas verlegen, »wohl eher eine Anweisung, sobald ich in der Schule schreiben und rechnen gelernt hatte. Er meinte, das würde für einen erfolgreichen Händler genügen.«

Tanzil nickte verständnisvoll und fragte weiter: »Wenn es damals nach dir gegangen wäre, was hättest du lieber gemacht, als im Geschäft deines Vaters zu arbeiten?«

Mansaars Augen begannen urplötzlich zu leuchten, als er in seinen Erinnerungen etwas entdeckte, an das er seit sehr langer Zeit nicht mehr gedacht hatte.

»Pferde«, sagte er leise. »Ich wollte mit Pferden arbeiten.«

»Erzähle mir mehr darüber«, bat Tanzil seinen jungen Besucher.

Ein tiefer Seufzer löste sich aus Mansaars Brust, als lange vergessene Gedanken und Bilder auftauchten. »Mein Vater war nicht nur ein einfacher Händler, der seine Waren mit den Karawanen anderer verschickte. Er hatte selbst einen kleinen Hof außerhalb der Stadt, auf dem er Kamele und Pferde für seine eigenen Karawanen hielt. Als Junge verbrachte ich den größten Teil meiner Freizeit dort bei den Pferden. Ich half den Angestellten, die Tiere zu pflegen und für die langen Reisen vorzubereiten. Manchmal durfte ich auch auf einem Pferd reiten.«

»Hattest du ein Lieblingspferd?«

Wieder nickte Mansaar gedankenverloren. »Antar. Ein älterer Wallach, der außer mir und dem Karawanenführer niemanden in seine Nähe ließ. Ich habe sogar manche Nacht heimlich in seinem Stall neben ihm geschlafen.«

»Was hielt dein Vater von deiner Leidenschaft für Pferde?«

Schlagartig verschwand das Leuchten aus Mansaars Augen. »Er betrachtete es als Gefühlsregung eines kleinen Jungen, die dem Sohn eines erfolgreichen Händlers nicht würdig war. Sobald er von meinem Interesse erfuhr, verbot er mir, die Stallungen weiterhin aufzusuchen.« Mansaar machte eine Pause und fügte dann hinzu: »Ich habe Antar nie wiedergesehen.«

»Was ist mit dem Karawanenhof passiert?«, fragte Tanzil.

»Nachdem ich die Geschäfte von meinem Vater übernommen hatte, habe ich ausgerechnet, dass es mich günstiger kommt, wenn ich langfristige Verträge mit anderen Karawanenbesitzern aushandle und meine Waren mit ihnen verschicke. Daher habe ich den Karawanenhof verkauft.«

»Kopf schlägt Herz«, erwiderte Tanzil verständnisvoll. »Wie sieht es heute mit deiner Begeisterung für Pferde aus? Wann warst du das letzte Mal reiten?«

»Nie mehr! Ich hatte eingesehen, dass das mit dem Leben eines erfolgreichen Händlers unvereinbar ist.«

Tanzil nickte wissend. »Und du sagst, du hättest dich nicht verloren?«

Mansaar blickte ihm ratlos in die blauen Augen. »Ich verstehe nicht …«

»Du meintest vorhin, du hättest dich nicht verloren, und doch lebst du seit Jahren nicht dein Leben, sondern das deines Vaters!«, fiel ihm Tanzil ins Wort. Mansaar begriff. »Er hat dich dazu gebracht, so zu denken und zu handeln wie er. An die Stelle deiner persönlichen Interessen trat der geschäftliche Erfolg. Dem musste sich alles unterordnen.«

»Aber …«, versuchte sich Mansaar ganz automatisch zu verteidigen.

Tanzil wischte die Einwände mit einer kurzen Handbewegung beiseite. »Verstehe mich nicht falsch: Ich möchte deinem Vater keinen Vorwurf machen. Er hat gehandelt wie alle Eltern, die wünschen, dass ihre Kinder ihr Lebenswerk übernehmen und weiterführen. Er wollte nur dein Bestes, hat dabei aber nicht gemerkt, dass es sein Leben war, das er dir überstülpte. Du hast die Anschauungen deines Vaters übernommen und bist einen Weg gegangen, der nicht der deine war. Du hast seine Erwartungen und Werte als Glaubenssätze verinnerlicht. Das hat dir deine Energie geraubt! Es hat ein paar Jahre gedauert, bis du am Ende deiner Kraft angelangt warst, doch nun ist es so weit.«

Mansaar war erschüttert, denn er erkannte mit einem Mal die Wahrheit in Tanzils Worten. Innerhalb kürzester Zeit hatte dieser wildfremde Mensch hinter seine Maske geblickt und ihn bis zum Grunde seines Herzens durchschaut. Instinktiv sträubte sich alles in ihm, sich dies einzugestehen. Worte des Widerspruchs stiegen in seinem Hals auf und versuchten, sich von seiner Zunge loszureißen, doch er konnte sie nicht aussprechen. Denn sie waren nicht die Wahrheit, sie hatten gegen die Wirklichkeit keine Chance. Er richtete den Blick auf den Boden und schwieg.

Daher nahm er den verständnisvollen Blick, den Tanzil ihm zuwarf, nicht wahr. Und er bemerkte auch nicht, dass ihm Saroush in einer mitfühlenden Geste die Hand auf die Schulter legen wollte, durch ein leichtes Kopfschütteln von Tanzil jedoch daran gehindert wurde.

Doch Mansaar konnte sich der Wahrheit nicht lange entziehen. So sehr er auch dagegen kämpfte, Bilder und Gedanken aus seiner Kindheit und Jugend tauchten immer schneller in seinem Kopf auf und waren genauso schnell wieder verschwunden, sodass er sie nicht mehr auseinanderhalten konnte.

Mansaar ließ es geschehen, hörte auf, sich zu wehren, und die Erkenntnis traf ihn mit voller Wucht. All die

Situationen, in denen er das Leben eines anderen gelebt hatte und unzufrieden gewesen war, hatte er verdrängt und sich stattdessen damit beruhigt, dass es ein schönes und angenehmes Leben war, um das ihn viele Menschen beneiden.

Eine neue Aufrichtigkeit gegenüber sich selbst machte sich in ihm breit. Er öffnete sich all jenen Gefühlen und Empfindungen, vor denen er sich jahrelang verschlossen hatte.

Das Bewusstsein, einen kleinen Teil des Vorhangs gehoben zu haben, durchflutete ihn wie eine warme Meereswelle. Ein paar Tränen stahlen sich in seine Augenwinkel.

Tanzil, der Mansaar wachsam beobachtet hatte, entdeckte nun, worauf er gewartet hatte.

»Du hast soeben die zweite Lektion auf der Suche nach dir selbst gelernt«, sagte er zu dem jungen Mann.

Mansaar nickte ihm verstehend zu. »Offenheit und Aufrichtigkeit. Offenheit für die Erkenntnis, was ich wirklich möchte, ohne meine Gefühle zu unterdrücken. Und Aufrichtigkeit, damit ich ehrlich zu mir selbst sein und mir eingestehen kann, dass ich doch nicht so perfekt bin wie gedacht.«

»Genau«, antwortete Tanzil. »Viele Menschen haben vor diesen beiden Eigenschaften Angst, denn sie haben die Macht, das mit jahrelanger mühsamer Arbeit aufgebaute und gepflegte Selbstbild zu erschüttern. Fehlt eine dieser beiden Eigenschaften jedoch, dann ist man nicht bereit oder fähig, sich selbst zu finden. Man kann noch so lange suchen und die höchsten Berge erklimmen, man wird nicht fündig, denn man erkennt entweder nicht, was einem gezeigt wird, oder man kann seine Erkenntnis nicht als Wahrheit akzeptieren.«

Tanzil machte eine kurze Pause, um die Wirkung seiner Worte in Mansaar einsinken zu lassen.

»Und noch etwas hat Offenheit zur Folge: Du kannst deinen Weg gehen und dir gleichzeitig die Möglichkeit bewahren, neue Wege zu entdecken. Offenheit wirkt befreiend und hilft dir dabei, nicht zu verkrampft an einem Ziel oder auch an deinem Weg festzuhalten und dir dadurch selbst Druck aufzuerlegen.«

Mansaar nickte langsam. »Ich verstehe, was du meinst. Dennoch bedeutet ein neuer Weg auch immer ein Wagnis.«

»Natürlich. Doch auch wenn du auf dem vermeintlich sicheren Pfad bleibst, auf dem du bisher gegangen bist, bist du nicht in Sicherheit. Du merkst an dir selbst, dass dich dieser Weg nicht vor den dunklen Schatten beschützt, mit denen du gerade zu kämpfen hast. Da neue Wege noch nicht von Hindernissen freigeräumt sind, wirst du manches Mal straucheln, doch daraus lernst du, mit den Unwägbarkeiten des Lebens umzugehen. Dies macht dich größer, zuversichtlicher, mutiger! Die Herausforderung ist nicht, irgendwo anzukommen, sondern zu erkennen, wann der richtige Zeitpunkt gekommen ist, einen neuen Weg einzuschlagen.«

Ablehnung und Selbstzweifel

»Du hast mir drei Fragen gestellt«, fuhr Tanzil fort. »Die ersten beiden konnte ich dir nicht beantworten, doch deine letzte schon: Die Ablehnung der eigenen Situation und die Selbstzweifel sind die Gründe, aus denen die meisten Menschen scheitern, die diesen Weg beschreiten. Und ich spüre eine deutliche Ablehnung in dir. Du hast dein Leiden noch nicht ganz akzeptiert und suchst nach einer einfachen Lösung. Doch die gibt es nicht! Solange du nicht annehmen kannst, dass die Lösung nicht von außen kommt, sondern in dir selbst liegt, wirst du auf dem Weg zu dir selbst nur langsam vorwärtskommen und letztendlich vielleicht sogar scheitern.«

Tanzil hatte seine Worte mit einer leisen, unaufdringlichen Stimme gesprochen, doch sie hallten in Mansaars Seele nach wie die Schläge einer großen Glocke. In dieser kurzen Pause suchte Tanzil in Mansaars Gesicht nach der Wirkung seiner Worte und war mit dem zufrieden, was er sah.

»Du warst bereits bei mehreren Ärzten, die als Meister ihres Fachs gelten, doch konnten sie dir helfen?« Er ließ

Mansaar etwas Zeit, sich die Frage selbst zu beantworten, und fuhr dann fort: »Und du könntest zu weiteren zehn Ärzten gehen, die dir genauso wenig helfen werden, denn sie sehen wie du nur das Äußere, einzelne Symptome und nicht den ganzen Menschen. Nur die Akzeptanz, dass dein Inneres im Wesentlichen bestimmt, wie es dir äußerlich geht, bringt dich auf den richtigen Weg! Die äußeren Leiden sind lediglich Anzeichen für deine innere Zerrissenheit.«

Wieder machte Tanzil eine Pause und beobachtete die schwankenden Gefühlsregungen in Mansaars Mimik und Gestik.

»An dieser Stelle musst du eine Entscheidung treffen: Wählst du den vermeintlich leichteren Weg, dein bisheriges Leben weiterzuleben und darauf zu hoffen, dass sich dein Leiden von allein kuriert? Oder wählst du den Weg der Veränderung und übernimmst die Verantwortung für dein Leben? Doch sei gewarnt: Dieser Weg erfordert Mut und wird dir Schmerzen bereiten, doch am Ende wartet der Lohn für deine Mühen.«

In Mansaar lieferten sich Befürchtungen, Wünsche, Hoffnungen und Ängste einen heißen Kampf, doch nichts davon konnte die Oberhand gewinnen. Er konnte nicht mit Sicherheit sagen, ob Tanzil diesen Kampf wahrnahm, doch zumindest schien er ihn zu ahnen, denn er fuhr fort: »Gehe nach Hause und triff deine Entscheidung. Auf welche Seite die Waage auch ausschlagen wird, du findest mich hier.«

Mit diesen Worten legte er seine Hände so ineinander, dass sich die Spitzen seiner Daumen berührten, schloss die Augen und gab sich einer tiefen inneren Versenkung hin. Seine Gesichtszüge entspannten sich noch weiter, sofern dies überhaupt möglich war.

Mansaar betrachtete ihn erstaunt. Er hatte noch nie gesehen, dass sich jemand auf diese Weise verhielt. Saroush stand auf und berührte Mansaar sanft am Arm, da dieser seinen Blick nicht von dem alten Mann nehmen konnte. Mansaar erhob sich und zusammen verließen sie die Kate, die der junge Händler seltsamerweise nun nicht mehr als ärmlich empfand.

»Was hat Tanzil da gerade gemacht?«, fragte Mansaar seinen Freund neugierig. »Es sah so aus, als würde er binnen weniger Augenblicke in eine totale Entspannung sinken und alles um sich herum vergessen.«

Saroush lächelte wissend und nickte leicht mit dem Kopf. »Du hast eine sehr gute Beobachtungsgabe«, antwortete er nach einem Moment. »Es ist eine Art innerer Einkehr, die Tanzil schon seit vielen Jahrzehnten praktiziert, wie er mir einmal erzählt hat.«

»Welchem Zweck dient diese innere Einkehr?«

Saroush dachte kurz über die vermeintlich einfache Frage nach. »Du hast vielleicht selbst schon bemerkt, dass es dir manchmal schwerfällt, dich auf deine Aufgaben zu konzentrieren. Deine Gedanken schweifen ab, und Bilder tauchen in deinem Geist auf: Erinnerungen aus der Vergangenheit und Visionen einer möglichen Zukunft.« Saroush bemerkte aus den Augenwinkeln, wie Mansaar zustimmend nickte. »Diese Bilder haben keinen wirklichen Zweck. Sie sorgen nur dafür, dass du dich mit Dingen beschäftigst, die entweder bereits vergangen sind und nicht mehr verändert werden können, oder mit Dingen, die in der Zukunft liegen und vielleicht nie stattfinden werden. Dadurch verlässt du den einzigen Zeitpunkt, in dem du lebst: den gegenwärtigen Augenblick. Man könnte sagen, du vernachlässigst dein Leben. Diese innere Einkehr kann dir bei regelmäßiger Übung dazu verhelfen, deinen Geist zu beruhigen und zu sammeln, sodass du in der Lage bist, diese immer wiederkehrenden Bilder auszublenden und dich auf das Hier und Jetzt zu konzentrieren.«

»Ich bin mir nicht sicher, ob ich das richtig verstehe«, entgegnete Mansaar offen. »Welchen Nutzen hat man davon?«

»Ist dir etwas an Tanzil aufgefallen? Hat dich etwas an ihm beeindruckt?«

Mansaar überlegte einen Augenblick, bevor er antwortete. »Nun, körperlich nicht. Aber er hat solch eine intensive Ruhe und einen tiefen Frieden ausgestrahlt, bei dem man sich selbst nach kurzer Zeit entspannt.«

»Genau. Dies ist eine Folge dieser inneren Versenkung. Durch sie löst man sich von der inneren Anspannung und der äußeren Rastlosigkeit. Man ruht sozusagen in sich selbst und ist zufriedener.«

Mansaar blickte Saroush von der Seite her an. »Hast du diese innere Einkehr auch schon geübt?«

»Ja. Ich praktiziere sie nun schon seit mehreren Jahren, wenn ich auch zugeben muss, dass ich noch nicht so weit fortgeschritten bin wie Tanzil. Doch auch ich habe bereits nach kurzer Zeit die positiven Wirkungen gespürt.«

Mansaar war neugierig geworden. »Seit ich krank bin, hat sich auch meine Fähigkeit verringert, mich auf meine täglichen Aufgaben zu konzentrieren. Ich ertappe mich manchmal, dass ich vor meinen Büchern sitze und nicht mehr weiß, was ich eigentlich erledigen wollte. Mir ist langweilig, ich kann mich aber nicht aufraffen, etwas zu tun, obwohl sich meine Aufgaben bis zur Decke stapeln. Ist das die Rastlosigkeit, die du meinst?«

»Genau. Durch die Praxis der inneren Einkehr können sich solche Stimmungen auflösen wie der Morgennebel am Meer.«

»Und wie funktioniert das? Einfach die Augen schließen, das kann nicht alles sein.«

»Nein, du hast recht«, entgegnete Saroush. »Es gibt jedoch viele Wege. Ich konzentriere mich auf mein Ein- und Ausatmen. Wenn Bilder oder Gedanken auftauchen, nehme ich sie wahr, allerdings ohne sie weiter zu verfolgen. Ich lasse sie ziehen. Das fällt anfangs schwer, man möchte ihnen nachjagen wie ein Hund dem flüchtenden Hasen. Dann richte ich meine Aufmerksamkeit wieder auf meinen Atem. So habe ich festgestellt, dass ich mich immer besser auf ihn konzentrieren kann, je regelmäßiger ich diese Übung praktiziere. Gleichzeitig fällt es mir wieder leichter, meine täglichen Aufgaben zu erledigen. Es ist so einfach und doch fast ein Wunder.«

Mansaar schaute seinen langjährigen Freund zweifelnd an. »Das soll alles sein? Sich einfach auf seinen Atem konzentrieren?«

Saroush lachte kurz auf. »Einfach? Wenn du die Praxis der inneren Einkehr einmal selbst versuchst, wirst du feststellen, dass es anfangs alles andere als einfach ist.«

Mansaar blieb skeptisch, wollte seinem Freund allerdings nicht widersprechen, da er sich müde und kraftlos fühlte. »Ich werde es versuchen, wenn mich meine Konzentration wieder einmal verlassen sollte.«

Saroush lächelte wissend. »Tu dies, mein Freund.«

Beide hingen ihren Gedanken nach, und so gingen sie schweigend zurück ins Zentrum der Stadt. Als sie endlich vor Mansaars prächtigem Haus angekommen waren, legte Saroush seinem Freund beide Hände auf die Schultern und sah ihm tief in die Augen.

»Ich weiß, welche Stürme gerade in dir toben, mein Freund. Auch ich stand an diesem Scheideweg.«

»Kannst du mir einen Rat geben, wie ich mich entscheiden soll?«, fragte Mansaar.

Doch Saroush schüttelte den Kopf. »Nein. Dies obliegt dir allein. Du musst die Verantwortung für deine Entscheidungen und damit für dein Leben selbst übernehmen.«

Mansaar hatte auch nicht wirklich damit gerechnet, dass Saroush ihm sagen würde, was er tun sollte. Dennoch spürte er eine leichte Enttäuschung und ließ den Kopf hängen.

»Doch wenn du möchtest, kann ich dir eine meiner Erfahrungen mitgeben, welche dir die Entscheidung nicht zu erleichtern vermag, die dir aber dennoch eine Richtung weisen kann«, fuhr Saroush zu Mansaars Überraschung fort.

»Gern!«, entgegnete er freudig. »Nenne mir deine Erkenntnis.«

Saroush zögerte etwas, bevor er fortfuhr. »Es ist nur ein Satz, und seine Wichtigkeit habe ich erst am Ende

meiner persönlichen Reise verstanden: Dort, wo es wehtut, geht es lang!«

Mansaar runzelte enttäuscht die Stirn. »Ich bin nicht
sicher, ob ich diesen Rat verstehe und ob er mir gefällt.«

»Das glaube ich dir nur zu gern, doch es ist im Grunde ganz einfach«, fuhr Saroush fort und blickte Mansaar
tief in die Augen. »Wir neigen dazu, den Dingen aus dem
Weg zu gehen, die uns nicht gefallen oder gar seelische
Schmerzen zufügen können. Diese Reaktion ist verständlich und meist auch sinnvoll. Doch wenn du dich verloren
hast und auf der Suche nach dir selbst bist, dann darfst du
nicht nur die vermeintlich hellen Bereiche deiner Seele,
sondern musst gerade auch die dunklen und ungelieb-
ten Ecken betrachten. Was du dort entdecken wirst, kann
schmerzlich sein, weil es das Bild, das du von dir selbst
hast, womöglich erschüttert. Doch nur, wenn du alle deine dunklen Ecken im Licht gesehen hast, kennst du dich
wirklich und wirst dich wiederfinden.« Er machte eine
kurze Pause. »Ich hoffe, irgendwann wirst du es verstehen. Doch nun werde ich dich allein lassen, denn du hast
noch eine wichtige Entscheidung zu treffen.«

Sein Gegenüber nickte gedankenversunken. Saroush
drehte sich um, überquerte den großen Platz und verschwand in einer der gegenüberliegenden Gassen. Mansaar
sah ihm noch einen Augenblick gedankenverloren nach,
dann betrat er sein Haus. Er begab sich direkt ins Wohnzimmer und ließ sich neben seiner Frau auf einem niedrigen Stapel weicher Teppiche nieder, die wie ein Bett auf
einer Seite des Zimmers ausgelegt und fast vollständig mit
einer Vielzahl von Kissen unterschiedlichster Form und

Farbe bedeckt waren. Sie betrachtete ihn neugierig, als könnte sie die Veränderung spüren, die in ihm stattgefunden hatte. Mansaar lag mit geschlossenen Augen auf dem Rücken zwischen den Kissen und versuchte, die Flut von Gedanken und Bildern zu ordnen, die ihm in einer unaufhörlichen Flut durch den Kopf schossen.

Der Gedanke, seine Familie und seine Heimat zu verlassen und sich auf eine unbestimmte Reise zu begeben, ließ ein Gefühl in ihm wachsen, welches er bisher noch nie verspürt hatte: den Schmerz, die Sicherheit seines bisherigen Lebens zu verlieren. Doch in dem Augenblick, in dem ihm dies bewusst wurde, erkannte er, dass es nur eine vermeintliche Sicherheit war. Denn das, was er sein Leben nannte, bestand nur aus Verpflichtungen, die ihm von außen aufgebürdet wurden oder die er sich selbst auferlegt hatte. Das Gefühl, wirklich zu leben, vermisste er schon lange!

»Ist das der Schmerz, den Saroush meinte?«, fragte sich Mansaar leise. Falls das zutraf, dann war das die Richtung, die er einschlagen sollte. Er musste all seinen Mut zusammennehmen und sich aus seinem scheinbar sicheren Umfeld hinauswagen.

Plötzlich spürte er neben der Angst vor diesem Schritt ins Unbekannte ein weiteres Gefühl: Hoffnung. Und es war ihm sofort klar, dass sein Herz bereits eine Entscheidung getroffen hatte, wenn sein Verstand auch noch zweifelte.

In einem Augenblick hatte er noch das Gefühl, vor Aufregung nie zur Ruhe kommen zu können, im nächsten war er bereits eingeschlafen. Obwohl er lebhafte Träume mit verwirrenden Bildern hatte, schlief er doch die ganze Nacht sehr tief und erwachte – das erste Mal seit Langem – erholt.

Eine Entscheidung ist gefallen

Ihm war, als ob ihm bereits das gestrige Gespräch mit Tanzil einen Teil seiner Energie wieder zurückgegeben hätte, doch Mansaar wusste, dass es damit nicht getan war. Dessen ungeachtet spürte er das Potenzial, welches in dem Vorschlag des alten Mannes lag, wenn ihn bereits ein einfaches Gespräch so beleben konnte.

Durch Tanzils Warnungen und Saroushs Empfehlung spürte Mansaar auch etwas, was er seit langen Jahren nicht mehr gefühlt hatte: Furcht vor dem, was vor ihm liegen konnte. Dennoch hatte er sich entschieden, Tanzils Einladung anzunehmen.

Mansaar erzählte seiner Frau von Saroushs Angebot und dem anschließenden Gespräch mit Tanzil. Er hatte erwartet, dass Damaris entsetzt sein würde, doch sie blieb ruhig und dachte lange über das Gesagte nach. »Hast du dich schon entschieden, ob du diesen Weg gehen möchtest?«, fragte sie ihn schließlich.

Mansaar nickte langsam und sah ihr tief in die Augen. »Ja. Ich habe zwar Angst vor dem, was auf mich zukommen wird, doch ich sehe augenblicklich keine andere

Möglichkeit, wie ich von meinem Leiden kuriert werden könnte.«

Damaris blickte lange Zeit zum Fenster hinaus und nickte dann ihrerseits. »Der Gedanke, dass du uns für eine Reise ins Unbekannte verlassen möchtest, schnürt mir das Herz zusammen, doch die letzten Wochen haben gezeigt, dass es so nicht weitergehen kann«, antwortete sie freimütig. »Die Kinder möchten ihren Vater und ich meinen Ehemann nicht verlieren, und wir haben seit einiger Zeit das Gefühl, dass wir dich schon fast verloren haben und dir nicht helfen können.« Sie sah ihn wieder an und hielt seinen Blick mit ihren strahlend blauen Augen gefangen. »Daher stimme ich dir schweren Herzens zu. Geh und finde dich selbst wieder.«

Mansaar war überrascht und auch etwas enttäuscht. Er hatte erwartet, dass sie versuchen würde, ihn von dieser Idee abzubringen, ihn zu bitten, bei ihr und den Kindern zu bleiben. Doch stattdessen unterstützte sie seine Entscheidung.

Anscheinend hatte sie doch mehr unter der bisherigen Situation gelitten, als er hatte wahrnehmen wollen, weshalb ihr wohl alles andere besser erschien, als das augenblickliche Leben so weiterzuleben. Diese Erkenntnis war niederschmetternd.

»Ist es wirklich so schlimm für euch?«, fragte er sie leise.

Damaris senkte die Augen und betrachtete ihre gefalteten Hände. »Ich erkenne dich schon seit Längerem nicht wieder. Was ist aus dem frohen, lebenslustigen Mann geworden, den ich geheiratet habe?«

Mansaar zuckte niedergeschlagen mit den Schultern. »Wenn ich das wüsste, wäre ich der Lösung für mein Problem schon einen großen Schritt nähergekommen.«

Sie saßen eine Weile schweigend nebeneinander. »Könnt ihr das ohne mich schaffen?«, fragte er schließlich.

Damaris überlegte eine Weile und sah ihm dann mit festem Blick in die Augen. »Ja. Wir werden das schaffen. Ich bin eine starke Frau und die Kinder sind auch keine Säuglinge mehr. Unsere Eltern und Freunde werden uns unterstützen, falls wir Hilfe benötigen. Darüber musst du dir keine Gedanken machen.«

»Wie lange wirst du weg sein und was soll in der Zwischenzeit mit dem Handelskontor geschehen?«, wollte sie letztlich wissen.

Er zuckte erneut mit den Schultern. »Ich weiß es nicht. Es könnte länger dauern.«

Damaris schluckte kurz, als ihr klar wurde, dass sie die Familie allein würde führen müssen, doch sie ließ sich nicht beirren. »In Ordnung. Ich werde das für uns schaffen, so wie du deinen Weg für dich und uns gehen wirst!«

Mansaar nickte langsam. »Danke, dass du mich dabei unterstützt.«

Sie saßen noch eine Weile zusammen, jeder in seine Gedanken versunken. Er beschloss, die Sache so bald wie möglich anzugehen. Umso schneller wäre er wieder zu Hause und könnte den Alltag wiederaufnehmen, denn durch seine körperliche und mentale Schwäche hatte er in den letzten Wochen einiges an Einfluss in der

Händlergilde verloren. Den galt es zurückzugewinnen. Daher nahm Mansaar zum Frühstück nur etwas Ziegenmilch und ein paar Feigen, wusch sich schnell und stieg in frische Kleider, bevor er sich erneut auf den Weg zu der ärmlichen Kate am Stadtrand machte.

Er musste ein paar Gassen und Wege ablaufen, doch letztendlich entdeckte er die kleine Hütte. Sie lag am Rande eines staubigen Platzes, genau wie er es vom Vorabend im Gedächtnis hatte. Auch der als Tür dienende Bretterverschlag war noch an Ort und Stelle, dennoch hatte Mansaar den Eindruck, die Kate sei seit gestern gewachsen. Vielleicht war es auch lediglich seine Wahrnehmung, welche die Dinge größer aussehen ließ, je wertvoller sie für ihn waren.

Mansaar verdrängte solche Gedanken, da sie ihn mehr verwirrten als Antworten lieferten, und klopfte an die Bretter der Tür. Er tat dies sehr leise und befürchtete, Tanzil könnte es nicht hören, selbst wenn er gerade nicht meditierte – doch kaum hatte Mansaars Knöchel das Holz nach dem letzten Klopfen verlassen, da vernahm er ein deutliches »Tritt ein« aus dem Inneren.

Sein Herz begann zu hämmern, als er mit eingezogenem Kopf eintrat.

Sofort umfing ihn die Dunkelheit des schummrigen Raumes. In den Strahlen des eindringenden Sonnenlichts konnte Mansaar Tanzil auf seinem angestammten Platz entdecken, bevor er die Tür schloss und den hellen Tag aussperrte.

Nach wenigen Augenblicken gewöhnten sich seine Augen an die Lichtverhältnisse. Im Dämmerlicht spürte er die einladende Geste Tanzils mehr, als er sie sehen konnte, nahm ihm gegenüber im Schneidersitz Platz und faltete die Hände, um deren leichtes Zittern zu verbergen.

»Ich freue mich, dich wiederzusehen«, begann Tanzil, nachdem er seinen Gast einige Augenblicke lang schweigend gemustert hatte. »Und ich glaube, du hast einen Entschluss gefasst.«

»Das habe ich«, bestätigte Mansaar und nickte.

»Möchtest du ihn mir mitteilen?«, fragte der alte Mann.

Mansaar spürte plötzlich eine unerklärliche Unsicherheit in sich. Waren es Zweifel an der Richtigkeit seines Entschlusses oder die Angst vor dessen Unumkehrbarkeit, sobald er ihn Tanzil gegenüber ausgesprochen hatte? Doch schließlich nickte er. »Das möchte ich.«

Tanzil blickte dem jungen Händler aufmerksam und geduldig in die Augen und wartete, bis Mansaar bereit war zu sprechen.

»Deine gestrigen Worte haben mich sehr beeindruckt«, begann dieser zögernd. »Ich habe mich daher entschlossen, dein Angebot anzunehmen und den Weg zu gehen, den du mir zeigst.«

Tanzil musterte seinen Besucher einen Moment wachsam, dann stellte er eine Frage, die, obwohl sie nur aus einem einzigen Wort bestand, sein gesamtes Verständnis von Mansaars Gefühlen und Gedanken widerzuspiegeln schien.

»Warum?«

Mansaar schaute den alten Mann verwirrt an. »Wie, was meinst du mit ›Warum‹?«

»Ich möchte ganz einfach nur wissen«, entgegnete Tanzil ruhig, »warum du den Weg gehen möchtest.«

»Ist das nicht egal?«, fragte Mansaar verwirrt.

»Solange du solch eine Frage stellst, bist du noch nicht bereit«, entgegnete Tanzil mit leiser, aber glasklarer Stimme, in der ein leiser Anflug von Bedauern mitschwang. »Wenn du nicht weißt, warum du die Dinge in deinem Leben tust, ist es so, als ob du sie nicht tun würdest.«

»Das verstehe ich nicht«, gab Mansaar unumwunden zu.

»Es nimmt deinen Taten den Sinn«, erwiderte Tanzil. »Etwas zu tun, nur damit es getan ist, kostet Kraft, gibt aber keine zurück. Das ist wie eine Öllampe, bei der man nie Öl nachfüllt. Irgendwann ist sie ausgebrannt und die Flamme erlischt. Erkennen wir aber einen Sinn in unserem Tun, dann kann das wie das Nachfüllen der Öllampe sein: Wir erhalten einen ständigen Nachschub an Energie.«

Tanzil machte eine kurze Pause, um seinen Worten Wirkung zu verschaffen, ließ Mansaar dabei aber keine Sekunde aus den Augen. »Den Sinn unseres Tuns zu erkennen ist der Schlüssel zum Erfolg.«

Mansaar senkte den Blick und schüttelte leicht den Kopf. »Dann verstehe ich nicht, warum mein geschäftlicher Erfolg nachgelassen hat.«

»Kann es sein, dass du in letzter Zeit verstärkt eine Leere und Inhaltslosigkeit verspürt hast, wenn es um deine Arbeit ging?«

Mansaar musste nicht lange nachdenken. »Ja. Es war wie ein Verlangen, das ich nicht stillen konnte. Eine

Unzufriedenheit mit dem, was ich tue, ohne zu wissen, was ich verändern muss.«

Tanzil deutete mit einem Finger auf Mansaars Herz. »Du hast den Sinn deines Tuns vermisst.«

»Aber es ist doch die gleiche Arbeit, die ich seit Jahren mache und in der ich erfolgreich war. Sie hatte früher einen Sinn, warum also heute plötzlich nicht mehr?«, fragte er verwirrt.

»So wie die Jahreszeiten die Landschaft verändern, so verändern unsere Erfahrungen unsere Empfindungen. Der Kern des Lebens ist Veränderung. Versuchen wir uns dem entgegenzustellen, werden wir hinweggefegt wie ein Staubkorn im Wind. Was früher selbstverständlich war, stellen wir heute infrage. Verweigern wir uns diesen Zweifeln, ist es, als ob wir uns einem starken Wind entgegenstellen. Je länger wir kämpfen, desto mehr Kraft kostet es uns. Es ist also ganz normal, dass sich unsere Meinungen und Überzeugungen im Laufe unseres Lebens durch unsere Erfahrungen verändern. Wir müssen das lediglich bemerken, akzeptieren und darauf reagieren.«

Gedankenversunken grübelte Mansaar über die Worte des alten Mannes nach und spürte instinktiv, dass er die Wahrheit sprach, wenn sein Verstand ihm auch das Gegenteil einreden wollte. Dann hätte sich ihm nämlich die Möglichkeit eröffnet, so weiterzumachen wie bisher. Das war schließlich bequemer als das, was nun vor ihm lag.

»Ich glaube, ich verstehe, was du meinst«, sagte er schließlich mit leuchtenden Augen. »Nachdem ich in meiner Arbeit keinen Sinn mehr sah, dies aber ignorierte und so weitermachte wie bisher, wurde ich von meinen

Energiequellen abgeschnitten und bin erloschen wie eine Lampe ohne Öl.«

Tanzil nickte unmerklich. »Genau. Daher stelle ich dir die Frage nochmals: Warum möchtest du den Weg gehen?«

Nun musste Mansaar nicht lange überlegen und spürte gleichzeitig, dass sich die Antwort richtig anfühlte: »Weil ich wieder einen Zugang zu mir, zu meiner Energie finden möchte. Weil ich wieder um des Lebens willen leben möchte und nicht nur, um eine Rolle auszufüllen.«

Plötzlich verdüsterte sich sein Gesicht, als ihm ein Gedanke kam. »Was passiert, wenn ich auf der Suche keinen Erfolg habe? Kann ich dann meine Arbeit überhaupt noch fortführen?«

»Du wirst Erfolg haben«, entgegnete Tanzil bestimmt. »Die Frage ist nur, ob du das akzeptieren kannst, was du auf deiner Suche finden wirst.«

Wieder machte Mansaar ein ratloses Gesicht. »Ich verstehe nicht, was du damit sagen möchtest.«

»Man kann sich auf zweierlei Arten auf die Suche machen: Üblicherweise hat man eine Idee von dem, was man sucht. Sich so auf eine Suche zu begeben kann bedeuten, dass man statt des gesuchten Gegenstandes etwas anderes, Unerwartetes findet. Versteift man sich jedoch darauf, den ursprünglichen Gegenstand zu finden, übersieht man das Neue, das vielleicht wertvoller ist. Die andere Möglichkeit ist, dass man auf die Suche geht, ohne eine genaue Vorstellung von dem zu haben, was man finden möchte. Man lässt sich treiben und ist offen für alles, was man auf seinem Weg antrifft. Dabei kann es passieren, dass man Dinge findet, die man nicht erwartet hat und die man auch nicht möchte. Dennoch ist es wichtig, auch für Unerwartetes offen zu sein und es zu akzeptieren. Man bestimmt den Weg nicht vorher, sondern wartet neugierig darauf, wie sich der Weg im Laufe der Suche entwickeln wird. Und Neugierde und Spannung gehören zum Leben dazu.«

Erneut nickte Mansaar verstehend. »Ich soll offen sein für das, was kommt, und nicht auf einem bestimmten Ergebnis beharren. Das widerspricht meinen üblichen Gepflogenheiten als Händler, denn in meiner Arbeit erreiche ich das, was ich möchte, nur mit Planung. Doch ich denke, das kann ich schaffen.«

»Unterschätze die Macht der Gewohnheit und des Unbewussten nicht«, warnte Tanzil. »Dein Verstand lässt deinen Mund ›nach links‹ aussprechen, während deine Hand das Kamel nach rechts lenkt!«

Mansaar nickte eifrig. »Das hat mir mein Reitlehrer auch immer gesagt: ›Kopf und Herz müssen gemeinsam gehen, sonst landest du mit der Nase im Wüstensand‹.«

Auf Tanzils Mund stahl sich ein kurzes Lächeln, welches nach einem Augenblick wieder verschwand. »Und nun verstehst du auch meine ursprüngliche Aussage: Wenn du den Sinn in deinem Tun verloren hast, hast du auch dich selbst verloren, denn der Sinn gründet auf deinen eigenen Werten und Überzeugungen. Daher musst du dich auf die Suche nach dir selbst machen. Und je mehr du dich durch fremde Erwartungen und alte Glaubenssätze auf dieser Suche einschränkst, desto begrenzter wird auch das Selbst sein, welches du finden kannst.«

Mansaar schlug sich mit einer Hand zuerst auf den Kopf, dann auf die Brust. »Meinem Verstand fällt es schwer, einzusehen, dass das, was ich die ganze Zeit gemacht habe, nicht das ist, was ich wirklich möchte. Doch mein Herz pocht schneller bei der Aussicht, eine neue Seite zu entdecken oder eine verschüttete wieder ans Licht zu bringen.«

Tanzil nickte ihm kurz zu, schwieg jedoch. Er schien zu ahnen, was Mansaar als Nächstes wissen wollte.

»Was muss ich tun, um mich selbst wiederzufinden?«

»Es gibt unzählige Möglichkeiten, zu sich selbst zu finden. Es kommt darauf an, wie lange der Zeitpunkt zurückliegt, zu dem du dich verloren hast. Am einfachsten ist es, wenn die Spur noch warm ist, soll heißen, wenn du dich noch erinnern kannst, seit wann du etwas vermisst und wo du dich wohlgefühlt hast. In deinem Fall sehe ich nur eine Möglichkeit: Du musst dich auf die Suche nach dem Seelenspiegel machen!«

Schlagartig setzte sich Mansaar aufrecht hin.

»Der Seelenspiegel?«, fragte er neugierig. »Was ist das und wo kann ich ihn finden?«

»Das kann ich dir leider nicht sagen.«

Mansaar sackte wieder etwas in sich zusammen.

»Ich entnehme deiner Reaktion, dass du die Legende des Seelenspiegels nicht kennst«, sagte Tanzil.

Mansaar schüttelte den Kopf. »Nein, die kenne ich nicht.«

»Nun, dann werde ich sie dir erzählen«, antwortete Tanzil und schwieg für einen Moment, um seine Gedanken zu sammeln.

Die Legende des Seelenspiegels

Vor langer Zeit lebte in einer wohlhabenden Stadt ein reiches Ehepaar. Die beiden waren sehr eitel und immer zuerst darauf bedacht, was die anderen Leute von ihnen hielten. Sie wohnten im größten Haus der Stadt, trugen die teuersten Kleider und feierten die herrlichsten Feste. Selbst ihre Diener erwählten sie nach der Ansehnlichkeit ihrer Gestalt und nicht nach ihrem Geschick in der Verrichtung der alltäglichen Arbeit.

Das Ehepaar wünschte sich einen Erben für seinen Reichtum, und so wurde die Frau eines Tages schwanger. Doch der Mann hatte Bedenken, ob das Kind wohl ansehnlich genug sein würde, um ihren Ansprüchen zu genügen, denn er war noch mehr auf sein Ansehen erpicht als seine Frau. So entschlossen die beiden sich, am nahe gelegenen See einer Nymphe ein Opfer darzubringen und sie um ein hübsches Kind zu bitten.

Sie überlegten lange, welches Geschenk sie der Nymphe darbringen konnten. Da sie jedoch nicht nur reich, sondern zudem auch geizig waren, kamen sie überein, in ihrem Garten einen großen Stein

ausgraben zu lassen, der ihnen ohnehin im Wege
war, und diesen als Opfergabe zu verwenden. Sie
glaubten, ein Lebewesen, welches am Grunde eines
trüben Sees lebte, könne nicht zwischen kostbarem
Geschmeide und einem einfachen Stein unterscheiden.

So machten sie sich mit einer Schar Diener und
dem großen Stein im Gepäck auf den Weg zum See
und schlugen an einer geschützten Stelle unweit des
Ufers ihr Lager auf. Da sie so wenig Zeit wie möglich in der freien Natur und weg von ihrem bequemen Zuhause verbringen wollten, begaben sie sich,
kaum dass sie angekommen waren, hinunter an den
See. Sie wurden von ihren stärksten Dienern begleitet, welche den schweren Steinbrocken trugen.

Am Ufer angekommen, richtete der reiche Mann
seine Worte an die Nymphe des Sees:

»Oh, wunderschöne Herrin dieses Gewässers,
lass uns dir ein Opfer darbringen und uns um die
Schönheit unseres ungeborenen Kindes bitten.«

Er gab ihren Dienern ein Zeichen, welche daraufhin den großen Steinbrocken in den See rollen ließen, sodass nur noch ein Teil seiner rauen Oberfläche herausragte. Gerade als sie sich umdrehen und
das Ufer verlassen wollten, begann sich in ein paar
Schritten Entfernung die Wasseroberfläche zu kräu-
seln, und eine liebliche weibliche Gestalt erhob sich
aus dem See. Sie war eingehüllt in ein Kleid aus
fließendem Wasser, in dem sich kleine Fische tum-
melten, und um ihren Hals trug sie eine Kette aus

bunten Algen und lebenden Muscheln. Ihre Augen waren von einem so hellen Blau, dass sie fast weiß wirkten. Die Menschen am Ufer erschraken fürchterlich, doch konnten sie sich, geblendet von der anmutigen Gestalt der Nymphe, nicht vom Fleck rühren.

Als die Seenymphe zu sprechen begann, vernahmen die Anwesenden ihre Stimme, die sich wie ein frischer Sommerregen auf der Haut anfühlte:

»Ihr habt wohl gesprochen«, sagte sie zu dem reichen Ehepaar. »Da sich heute der Tag meiner Geburt jährt, werde ich eure Bitte erhören.«

Der Mann konnte sein Glück kaum fassen und wiederholte seine Worte an die Nymphe: »Oh, wunderschöne Herrin dieses Gewässers. Wir haben dir ein Opfer dargebracht und bitten dich um die Schönheit unseres ungeborenen Kindes.«

Die Nymphe neigte wohlwollend ihr Haupt und bewegte sich, scheinbar über die Wasseroberfläche wandelnd, auf die beiden zu.

»Nun, dann werde ich euer Geschenk gern annehmen.«

Als sie sich dem reichen Paar näherte, schweifte ihr Blick suchend über das Seeufer.

»Liebe Menschen, ich kann hier kein Geschenk erblicken. Lediglich diesen alten Stein im Wasser zu euren Füßen habe ich in meinem See bisher noch nicht gesehen.«

»Dieser wertvolle Stein aus unserem Garten ist das Opfer, welches wir dir dargebracht haben.«

Die Worte sprudelten über die Lippen des Mannes, ohne dass er über sie nachdachte.

Plötzlich wühlte sich der See rund um die Nymphe auf und Fontänen trüben Wassers stoben zu allen Seiten empor. Ihr Gesicht verzog sich zu einer Grimasse rasenden Zorns.

»Ich bin Melianis vom Stamme der Najaden, Herrin dieses Sees«, sprach sie zu den Menschen am Ufer mit einer Stimme wie Eisnadeln. »Ihr wagt es, mir einen dreckigen Stein als Geschenk zu bringen? Seit vielen Hundert Menschenaltern lebe ich hier, und noch nie wurde ich so beleidigt!«, fuhr sie mit blitzenden Augen fort. »Doch ich habe euch mein Wort gegeben, dass ich eure Bitte erhören werde, und so soll es geschehen!«

Das Ehepaar am Ufer umklammerte sich in plötzlicher Angst ob des Zorns der Nymphe, die ihren schlanken Arm ausstreckte und auf den gewölbten Bauch der Frau zeigte.

»Dies sei mein Geschenk an euch: Die Schönheit eures Kindes soll der Schönheit dieses Steines gleichkommen.« Mit einem letzten Funkeln ihrer Augen erhob sich eine undurchsichtige Wasserwand vor ihr und fiel gleich wieder in den See zurück. Die Nymphe war verschwunden.

In panischer Angst flohen die Menschen auf ihren Wagen und Pferden zurück in die Stadt. Im Luxus ihres prachtvollen Hauses verdrängte das Paar nach einigen Wochen das erschreckende Geschehen am See. Sie lebten weiterhin ihr oberflächliches Leben, während der Bauch der Frau zusehends runder wurde.

Am Tage der Geburt hatten sie die Nymphe des Sees und ihren Unsegen samt und sonders vergessen, doch als die Hebamme das Neugeborene schließlich in den Händen hielt, stieß sie ein gurgelndes Ächzen aus, drückte dem verdutzten Vater das Kind in die Arme und verließ fluchtartig das Haus.

Als dieser dem kleinen Mädchen das erste Mal ins Antlitz blickte, verzerrte sich sein Gesicht vor Grauen. Die Haut war nicht glatt und rosarot, wie man es bei einem Neugeborenen erwarten würde, sondern dunkelgrau und von Warzen und Narben überzogen. Die schwarzen Augen lagen wie Kohle in den Höhlen. Mit einem Aufstöhnen legte er das Kind in die Arme seiner Frau, die einen gequälten Schrei ausstieß und das Kind von sich schieben wollte, als aus der eingefassten Quelle in der Ecke des Zimmers eine bekannte Stimme zu den beiden sprach.

»Nun denn, so hat sich meine Prophezeiung erfüllt und euer Kind ist so schön wie der Stein, den ihr mir als Geschenk gebracht habt«, vernahmen sie die eisige Stimme der Nymphe. »Ihr Name soll Ada sein, *die Hübsche*, und euch beiden sei befohlen, das Kind selbst großzuziehen. Es soll euch nicht erlaubt sein, es wegzugeben oder ihm einen Schaden zuzufügen, sonst wird auch euch meine Macht treffen.«

Das reiche Paar hatte so viel Angst vor der Rache der zornigen Nymphe, dass es sich in den folgenden Jahren an diese Weisung hielt. Sie zogen ihr Kind groß, empfanden jedoch keine Liebe für das Mädchen, da sie ihm die Schuld zuschrieben, dass sie ihren gesellschaftlichen Status verloren hatten und von anderen gemieden wurden.

Ada wurde von ihren Eltern nicht eingesperrt, doch sie wusste um ihre Entstellung und traute sich nicht auf die Straßen, aus Angst, von den Menschen angestarrt und ausgelacht zu werden. Daher wuchs sie versteckt im Hause ihrer Eltern auf, ohne Kontakt zu anderen Menschen, bis auf eine alte Dienerin. Sie erzählte ihr von den Dingen der Stadt, des Landes und des Lebens und erweckte so eine tiefe Traurigkeit in ihr, da Ada diese Dinge nie sehen, riechen, schmecken oder fühlen konnte.

Diese Traurigkeit wurde so groß, dass sie eines Tages beschloss, ihrem Leben dort ein Ende zu setzen, wo ihr Unglück seinen Anfang hatte: in dem See vor den Toren der Stadt. Also schlich sie sich eines Nachts heimlich aus dem Hause ihrer Eltern. Am See angekommen, suchte sie sich am Ufer den größten Stein, den sie tragen konnte, umschloss ihn fest mit beiden Armen und watete in das kalte, dunkle Wasser.

Sie war kaum zwei Schritte weit gekommen, als sich das Wasser vor ihr kräuselte und die Seenymphe langsam daraus emporstieg. Ada blieb erschrocken stehen und musterte das fremdartige Wesen neugierig.

Und auch die Nymphe beobachtete das Mädchen, jedoch nicht nur mit den Augen. Sie blickte in das Herz der jungen Frau und spürte deren tiefe Traurigkeit. Da sich die Nymphe mitschuldig daran fühlte, entschloss sie sich, dem Mädchen zu helfen.

»Komm mit, ich möchte dir etwas zeigen«, sagte sie und schwebte auf eine Stelle am Ufer zu, ein paar Schritte von Ada entfernt. Diese ließ nach kurzem Zögern den Stein in den See fallen, drehte sich um und folgte der Nymphe. Melianis verharrte reglos und betrachtete schweigend etwas vor sich auf dem Boden. Als Ada entdeckte, was Melianis betrachtete, riss sie vor Überraschung die Augen auf.

»Was ist das?«, fragte sie die Najade.

»Das«, antwortete diese, »ist der Seelenspiegel.«

»Ein Spiegel?«, fragte Ada und sah sich suchend um. »Aber wer ist die Person, die ich darin sehe?«

»Das bist du«, entgegnete Melianis mit sanfter Stimme.

»Unmöglich! Diese Frau ist wunderhübsch, ich bin jedoch hässlich und entstellt.«

»Der Seelenspiegel ist kein normaler Spiegel«, erklärte die Nymphe. »Er zeigt kein äußeres Abbild der Person, die in ihn hineinsieht, sondern ein Abbild ihrer Seele.«

»Aber«, sagte Ada leise, »wenn dieses wunderschöne Bild meine Seele zeigt, dann bedeutet das …«

»Ja. Der Spiegel zeigt, dass du in deinem Inneren ein wertvoller und guter Mensch bist und dass du dich nicht verstecken musst. Denn letzten Endes kommt es nicht auf Äußerlichkeiten an, sondern auf die Güte des Herzens und die Taten, die man in seinem Leben vollbringt.«

Und zum ersten Mal in ihrem jungen Leben spürte Ada, dass ihr Dasein einen Sinn hatte. Sie bedankte sich bei der Nymphe und ging festen Schrittes zurück in ihr Elternhaus. Daheim angekommen, erzählte sie ihren Eltern von ihrem Erlebnis und beide erkannten den schrecklichen Fehler, den sie begangen hatten. Ihr Vater gab sich die Schuld an dem Unglück seiner Tochter und begriff, dass das Herz eines Menschen wichtiger war als sein Aussehen. So entschloss er sich, den Rest seines Lebens dazu zu nutzen, seinen Fehler wiedergutzumachen.

Die Nymphe Melianis bedauerte den Anteil, den sie mit ihrer unbedachten Handlung am Unglück des Mädchens hatte. Sie gelobte, allen Menschen zu helfen, die sich fürderhin auf die Suche nach dem Seelenspiegel machten. Doch legte sie noch einen Zauber auf den Seelenspiegel, sodass nur Menschen, die reinen Herzens waren und ihn aus eigenen Bestrebungen suchten, ihn auch finden konnten.

Von da an versteckte Ada sich nicht mehr vor den Menschen. Sie nutzte Einfluss und Reichtum ihrer

Eltern, um die Bedürftigen der Stadt zu unterstützen und ihr Leben erträglicher zu machen, und erhielt von ihnen den Beinamen »der Engel mit dem dunklen Lächeln«. Zeit ihres Lebens blieb sie ihren Werten treu und dachte immer wieder voller Dankbarkeit an die Nymphe des Sees und den Seelenspiegel zurück.

Seit dieser Zeit machen sich viele Menschen, die sich selbst erblicken und ihren wahren Kern entdecken möchten, auf die Suche nach dem Seelenspiegel.

Nach Norden geht die Reise

Als Tanzil geendet hatte, schwieg er und ließ die Erzählung auf seinen Gast wirken.

Beeindruckt von der Legende des Seelenspiegels saß Mansaar nachdenklich auf dem staubigen Fußboden und versuchte, seine Gefühle und Gedanken zu ordnen.

»Ich kann das Mädchen verstehen«, sagte er nach einer Weile. »Ihre Geschichte ist der meinen nicht ganz unähnlich, denn auch mein Leben wird stark von äußeren Umständen beeinflusst.«

»Niemand kann sich seiner Umwelt und deren Einfluss vollkommen entziehen. In diesem Punkt sind wir alle gleich. Doch wie wir damit umgehen und wie sehr wir unser Leben danach ausrichten, das unterscheidet uns. Die meisten Menschen übernehmen die Meinung anderer, ohne darüber nachzudenken, ob diese Meinung in das eigene Wertesystem passt.«

»Und damit gehen wir nicht unseren Weg, sondern den, den andere uns vorgeben?«, fragte Mansaar.

»Richtig«, nickte Tanzil. »In dem Augenblick, in dem uns das klar wird, können wir uns dagegen wehren und auf unseren eigenen Pfad zurückkehren. Aber je weiter wir auf einem fremden Pfad gegangen sind, desto mehr Kraft kostet es, zurückzufinden, doch man kann es schaffen, wenn man es wirklich möchte.«

»Und sich auf die Suche nach dem Seelenspiegel machen«, stellte Mansaar fest.

»Genau«, wieder nickte Tanzil.

»Und nun verstehe ich auch, warum du mir den Weg nicht zeigen kannst. Ich muss ihn selbst finden und beschreiten, sonst würde der Zauber der Nymphe den Seelenspiegel vor mir verbergen.«

Und wieder konnte Tanzil nur nicken. »Kein Weg fällt uns schwerer als der Weg zu uns selbst.«

Es kam Mansaar vor, als ob sein Geist in den letzten Monaten von dunklen Wolken überschattet worden war, die nun plötzlich aufrissen. Er hatte verstanden und ehe er bewusst darüber nachdachte, spürte er, dass sich seine Entscheidung verfestigt hatte: Er wollte den Seelenspiegel finden und sich selbst darin sehen, damit er sein Leben wieder ins Lot bringen konnte.

Er atmete tief durch und blickte Tanzil in die Augen. »Ich habe mich entschieden. Ich möchte mich auf die Suche nach dem Seelenspiegel machen.«

Tanzil musterte seinen Besucher aufmerksam, aber nicht überrascht. »Bist du dir sicher?«, fragte er ihn nach einer Weile. »Sind dir die möglichen Konsequenzen klar?«

Etwas unsicher hakte Mansaar nach: »Was meinst du mit Konsequenzen? Ich finde mich wieder und kann mein Leben weiterleben. Was soll da sonst noch passieren?«

»Nun, was wäre, wenn du feststellen solltest, dass das Leben, welches du die letzten Jahre geführt hast, nicht dem entspricht, was du wirklich möchtest?«

Mansaar dachte einen Moment darüber nach, doch er blieb entschlossen. »Das nehme ich in Kauf. Denn so, wie es im Augenblick ist, kann es nicht weitergehen.«

Tanzil nickte mitfühlend. »Und noch etwas sollte dir bewusst sein: Wenn du auf der Suche nach dir selbst bist, riskierst du auch die Begegnung mit dir selbst.«

Mansaar zog nachdenklich die Stirn in Falten. »Aber darum geht es doch, wenn ich auf der Suche nach mir selbst bin, oder? Mir selbst zu begegnen.«

»Ja«, bestätigte Tanzil. »Die Frage ist lediglich, ob du bereit dafür bist.«

»Was meinst du damit?«

»Solltest du den Seelenspiegel finden und in ihn hineinblicken, wirst du dein wahres Ich sehen. Doch der Spiegel schmeichelt seinem Betrachter nicht. Er zeigt stets das wahre Gesicht dessen, der in ihn hineinschaut. Keine Maske kann ihn daran hindern. Obwohl jeder Mensch glaubt, er kenne sich selbst wohl am besten, kann die Begegnung mit sich selbst zu den unangenehmeren Dingen des Lebens gehören, denn man neigt dazu, sich und seine Meinungen und Ansichten immer im besten Licht zu sehen, ohne sich darüber klar zu sein, dass andere Menschen darunter leiden könnten. Sei dir dessen bewusst und sei darauf vorbereitet, dass du dich mit deinen eigenen Schatten auseinandersetzen musst.«

»Du meinst«, versuchte Mansaar das Gehörte zusammenzufassen, »ich sollte damit rechnen, dass das, was ich zu sehen bekomme, vielleicht nicht dem entspricht, was ich zu sehen erwarte?«

Tanzil nickte. »In diesem Fall solltest du Verständnis für deine Handlungsweisen entwickeln und nicht so streng mit dir selbst sein. Es ist völlig normal, dass man meist versucht, äußeren Ansprüchen gerecht zu werden, wobei die eigenen Wünsche und Erwartungen oftmals nicht so deutlich sind, wie wir meinen.«

Wieder nickte Mansaar.

»Kannst du mir den Punkt zeigen, an dem ich meine Reise starten kann?«

»Du bist bereits an dem Punkt«, antwortete Tanzil leise.

»Wie meinst du das?«, fragte Mansaar verwirrt.

»Wenn es dir klargeworden ist, dass du dich auf die Suche nach dir selbst machen möchtest, kannst du sofort aufbrechen. Dafür bedarf es keines bestimmten Ortes oder einer bestimmten Zeit. Starte da, wo du dich gerade befindest.«

»Aber wenn ich mich auf die Suche nach dem Seelenspiegel mache, dann muss ich doch zumindest wissen, in welche Richtung ich gehen soll!«, widersprach Mansaar.

»Spüre in dich hinein«, forderte Tanzil ihn auf. »In welche Richtung würde dich dein Herz leiten?«

Mansaar schloss kurz die Augen und stellte sich die Straßen vor, die in den vier Himmelsrichtungen aus der Stadt führten. Richtung Westen lag fast in Sichtweite das Meer. Sein Gefühl sagte ihm jedoch, dass sein Weg über festen Grund und nicht über Wasser führen würde. Im Süden endete das Reich nach zwei Tagesreisen an der Grenze des Nachbarlandes, welches den Bewohnern dieses Landes nicht freundlich gesinnt war. Dieser Weg war nicht der richtige. Richtung Osten lagen die großen Sümpfe. Sie waren sehr gefährlich, und nicht wenige Reisende, die versucht hatten, sie zu durchqueren, waren nie wieder gesehen worden. Er spürte, dass dies nicht die Herausforderung war, die auf ihn wartete. Nördlich der Stadt begannen fast unmittelbar die Flusslande: eine weite Ebene, mehrere Tagesreisen breit, die von vielen kleinen und kleinsten Flüssen und Bächen durchzogen war. Daran schloss sich die Weiße Wüste an. Sie hatte ihren Namen aufgrund der vielen hellen Felsformationen erhalten, die wie große Salzbrocken in sie hineingestreut waren. Nach der Wüste folgte das Schattengebirge, ein fast unüberwindliches Bollwerk himmelhoher und eisbedeckter Berge. Obwohl sein Verstand sich nochmals aufbäumte und versuchte, Mansaar von dieser Reise abzuraten, wusste er instinktiv, dies war die Richtung, die er einschlagen sollte.

»Nach Norden«, beantwortete er daher selbstsicher die Frage des alten Mannes.

»Nun, dann soll dich deine Suche nach dem Seelenspiegel in den Norden führen! Verschwende keine Zeit, damit deine Entschlossenheit nicht ins Wanken gerät.«

»Wirst du mich auf meiner Reise begleiten?«, fragte Mansaar.

Tanzil schüttelte nachdrücklich den Kopf. »Nein. Doch wenn du mich brauchst, werde ich für dich da sein. Einen Rat möchte ich dir jedoch noch geben: Sei offen für alles, denn es wird dir vieles auf deinem Weg begegnen, das du zuvor noch nie gesehen und von dem du noch nie etwas gehört hast. Und bedenke: Die Weisheit dieser Welt verbirgt sich meist nicht hinter einer schönen Fassade.«

Da Mansaar insgeheim nicht damit gerechnet hatte, dass Tanzil ihn begleiten würde, war er nicht sehr enttäuscht. Allerdings dachte er aber auch nicht weiter über die letzte Aussage des alten Mannes nach. Mit seiner neuen Aufgabe vor Augen erhob er sich entschlossen vom staubigen Boden. Er bedankte sich bei Tanzil und verließ die Kate festen Schrittes in Richtung seines Zuhauses. Tanzil blickte noch eine Weile auf die zusammengenagelten Bretter, die als Tür dienten, dann stahlen sich zwei Worte über seine Lippen: »Viel Glück!«

Mansaar wusste nicht, dass er diese Hütte nie mehr wiedersehen sollte.

Lektion 3

Mut und fester Wille

In den darauffolgenden Tagen war Mansaar voller Tatendrang. Er machte eine Liste mit Dingen, die er auf die Reise mitnehmen wollte, denn schließlich galt es, auch unterwegs ein Mindestmaß an Komfort sicherzustellen. Neben verschiedenster Kleidung für alle zu erwartenden Witterungen waren die Lebensmittel der größte Posten auf seiner Liste, denn er liebte gutes Essen. Für die Reinigung seiner Kleider, die Zubereitung der Mahlzeiten und die Pflege der Reit- und Transporttiere plante Mansaar ein halbes Dutzend Diener ein. Zu guter Letzt hatte er so viel Ausrüstung zusammen, dass sie von sechs Packpferden getragen werden musste. Hinzu kamen zwei Reitpferde für ihn, denn er musste ja schließlich etwas Abwechslung haben.

Abends nahm er wieder einmal an einem Treffen seiner Freunde im Soukh teil und erzählte ihnen aufgeregt von der geplanten Reise. Insgeheim hatte er gehofft, sie würden seine Beweggründe verstehen und ihn bei seinem Vorhaben unterstützen, doch die meisten reagierten nur mit Unverständnis. Als Händler war es für sie selbstverständlich, dass das Geschäft einen hohen Stellenwert im Leben besaß. Vieles hatte sich ihm unterzuordnen, auch die Familie und die Gesundheit. Mansaars Tischgenossen konnten nicht verstehen, wie man sein Geschäft mehrere Tage oder gar Wochen ruhen lassen konnte, und das sagten und zeigten sie ihm deutlich, indem sie versuchten, ihm dieses Hirngespinst auszureden. Doch Mansaar blieb bei seiner Entscheidung. Zu guter Letzt rissen sie Witze darüber, wie sie Mansaars Geschäft unter sich aufteilen würden, wenn er nicht mehr wiederkäme. Mansaar hätte erwartet, dass ihn die Aussicht auf den geschäftlichen Ruin nachdenklich machen würde, doch komischerweise ließ ihn dies völlig kalt.

Auch seine Eltern reagierten ähnlich. Zuerst versuchten sie, ihm seinen Entschluss mit scheinbar vernünftigen Argumenten auszureden, doch als er auch ihnen gegenüber felsenfest seine Entscheidung verteidigte, verlegten sie sich aufs Bitten und versuchten, ihm ein schlechtes Gewissen zu machen, da er durch seine Unbedachtheit ihr Lebenswerk aufs Spiel setzte.

Auf Mansaars Frage, ob denn seine Gesundheit nicht wichtiger wäre als Beruf und alle Reichtümer der Welt, bekam er zur Antwort: »Natürlich ist deine Gesundheit das Wichtigste, aber du hast durch dein Geschäft auch eine Verantwortung anderen gegenüber.« Mansaar hatte das Gefühl, dass seine Gesundheit ihnen doch nicht so wichtig war, oder sie erkannten den Ernst der Situation nicht.

Ihm wurde bewusst, dass sich die meisten Menschen nur in ihrem bekannten Umfeld bewegen konnten, da ihnen dies eine scheinbare Sicherheit bot. Doch Mansaar hatte durch seine persönliche Situation erkannt, dass sich diese Sicherheit jeden Augenblick in nichts auflösen und einen Scherbenhaufen hinterlassen konnte.

Daher blieb er bei seinem Entschluss, denn er war bereit, etwas zu ändern und diese vermeintliche Sicherheit gegen mehr Leben einzutauschen. Seinen Vater bat er, die Leitung des Handelskontors in seiner Abwesenheit wieder zu übernehmen, was ihm dieser gern zusagte.

Und so hatte Mansaar bereits die dritte Lektion gelernt: Es gehört Mut dazu, sein bekanntes Umfeld zu verlassen, denn dieses bedeutet Sicherheit, zumindest in der Einbildung. Und Sicherheit ist vielen mehr wert als eine eventuelle Verbesserung ihrer Lebenssituation. Ebenso ist ein fester Wille vonnöten, bei einer einmal getroffenen Entscheidung zu bleiben, denn die Menschen versuchen mit allen Mitteln, Veränderungen zu verhindern, auch wenn sie meist die Gründe dafür nicht verstehen. Veränderungen, die vor uns liegen, wollen uns nicht zerstören, sondern weiterbringen. In jeder Veränderung steckt die Chance auf ein schöneres Leben. Leben heißt, Veränderungen zu erwarten und anzunehmen.

Noch etwas wurde Mansaar klar: Dies würden nicht die letzten Widerstände sein, gegen die er auf seinem Weg ankämpfen musste!

Allerdings standen nicht alle seine Kameraden seiner Reise ablehnend gegenüber. Einigen gefiel die Vorstellung eines kleinen Ausflugs, denn mehr konnte es ja schließlich nicht sein. Was wollte ein erfolgreicher Händler schließlich außerhalb der Stadt? Geld konnte er dort nicht verdienen.

Drei von ihnen entschlossen sich spontan, ihn zu begleiten. Mansaar freute sich darüber, bedeutete es doch, dass seine Reise nicht ganz so langweilig werden würde wie zuerst angenommen. Es war ein kleiner Wermutstropfen, dass sein Freund Saroush nicht mitkommen wollte. Als Mansaar ihm in einer ruhigen Minute unter vier Augen den Ausgang des Gesprächs mit Tanzil erzählte und ihn fragte, ob er mitgehen wollte, meinte Saroush:

»Nein, mein Freund. Dies ist deine Reise, genauso wie die weiteren Lektionen, die du lernen musst, die deinen sind.«

»Welche weiteren Lektionen meinst du?«, fragte Mansaar verwundert. Er war es langsam leid, dass alle in Rätseln sprachen. »Ich mache mich auf die Suche nach dem Seelenspiegel und nicht auf eine Lehrreise.«

»Mir scheint, du hast eine ziemlich genaue Erwartung, wie diese Reise ablaufen soll«, stellte Saroush nüchtern fest.

»Nein, ich habe mich lediglich auf alle Eventualitäten vorbereitet«, entgegnete Mansaar stolz, doch Saroush schüttelte nur den Kopf.

»Du wirst deine nächste Lektion sehr schnell lernen müssen, wenn deine Suche von Erfolg gekrönt sein soll!«

»So, und welche Lektion sollte das sein?«, fragte Mansaar nun fast schon etwas streitlustig.

»Sie nennt sich ›Loslassen‹!«, entgegnete Saroush leise.

Unwetter

Einige Tage später hatten Mansaars Diener die Gegenstände der Packliste zusammengestellt und die Pferde damit beladen. Der Abschied von seiner Frau und den Kindern war sehr tränenreich, denn den dreien fiel es schwer, sich die nächsten Wochen ohne ihren Ehemann und Vater vorzustellen. Dies war auch für Mansaar der schwerste Augenblick, seit er die Entscheidung getroffen hatte, sich auf die Suche nach dem Seelenspiegel zu machen. Er fragte sich, ob er sich selbst nicht auch zu Hause finden könnte? Vielleicht wenn er sich ein paar Tage freinahm und erholte? Seinen Eltern, Freunden und Kunden wäre das wohl auch am liebsten gewesen.

Doch als er sich diese Frage selbst stellte und in sich hineinspürte, wurde ihm bewusst, dass er es zu Hause im vertrauten Umfeld nicht schaffen würde. So blieb er schweren Herzens bei seinem Entschluss, sich auf die Suche zu begeben. Auch hier fiel ihm wieder Saroushs Rat ein, und er wählte erneut den Weg, der wehtat.

Diejenigen seiner Freunde, die ihn begleiten wollten, brachten ebenfalls mehrere Packtiere und Diener zum

Karawanenhof. So kam es, dass letztendlich eine stattliche Gruppe von Menschen, Pack- und Reitpferden die Stadt durch das nördliche Tor verließ.

Saroush stand mit Damaris und Mansaars Kindern auf der Stadtmauer und beobachtete den Aufbruch mit gemischten Gefühlen.

Die Reise verlief zunächst ohne Probleme. Da es nur eine Straße ohne Abzweigungen gab, musste sich Mansaar keine Gedanken über die Route machen. Die Diener bauten abends die Zelte auf, bereiteten das Essen zu und versorgten die Pferde, während ihre Herren auf Stapeln weicher Teppiche und Kissen lagen und sich unterhielten. Morgens wurde das Lager wieder abgebrochen und auf die Packpferde verladen.

Am zweiten Tag erreichte die Reisegesellschaft die Flusslande, eine Ebene, die so breit war, dass man deren Ende nicht erkennen konnte. Sie war durchzogen von Hunderten oder Tausenden Flüssen und Bächen, die sich aufspalteten, vereinten und wieder aufspalteten. Die Inseln zwischen den Gewässern waren manchmal einen halben Tagesmarsch breit, manchmal nur wenige Schritte. Sie waren kahl, mit niedrigem Buschwerk bewachsen oder auch komplett von dichtem Wald bedeckt. Sie veränderten durch das fließende Wasser beständig ihr Aussehen.

Das Vorankommen in den Flusslanden war kräftezehrend und mühsam, da die Gruppe immer wieder tiefere Wasserläufe zu durchqueren und mehr oder weniger steile Uferböschungen zu erklimmen hatte. Von den nassen Füßen, die immer wieder getrocknet und aufgewärmt werden mussten, ganz zu schweigen.

So vergingen drei Tage ohne besondere Vorkomm-
nisse. Am vierten Morgen vernahm Mansaar die ersten
mürrischen Stimmen seiner Freunde, die der Reisestra-
pazen offensichtlich überdrüssig wurden. Sie vermiss-
ten ihre weichen Betten und die abendlichen Schwätz-
chen im Soukh. Hätten sie gewusst, dass der verrückte
Mansaar tagelang ziellos durch eine Wasserhölle reiten
wollte, wären sie zu Hause im Trockenen geblieben.

Als sich am Nachmittag am westlichen Himmel auch
noch riesige Wolkentürme über dem Meer erhoben, hatten die drei genug. Sie verabschiedeten sich kurzerhand
von Mansaar, wünschten ihm alles Gute auf seiner weiteren Reise und drehten mit Sack und Pack wieder nach
Süden um. Schließlich hatte man ja lediglich einen Aus-
flug machen und nicht das ganze Land durchqueren
wollen.

Enttäuscht von der geringen Ausdauer seiner Begleiter setzte Mansaar seinen Weg fort, doch er war nun
nicht mehr so zuversichtlich wie bei seiner Abreise. Irgendwie hatte auch er gehofft, dass die Suche nach dem
Seelenspiegel nicht so lange dauern würde, doch bis jetzt
hatte er nicht das Gefühl, dass er dem Ziel seines Hof-
fens bereits nähergekommen war. Denn im Gegensatz zu
dem, was er Saroush gegenüber behauptet hatte, hatte
Mansaar keinen wirklichen Plan und sich auch nicht auf
alle Eventualitäten vorbereitet. Doch das behielt er schön
für sich.

Im Laufe des restlichen Tages konnte er beobachten,
wie sich die Wolkenwände vom Meer immer weiter in
ihre Richtung schoben. Auch die Pferde wurden unruhig

und schienen das drohende Unwetter zu spüren. Die Blicke seiner Diener verrieten Mansaar, dass sie ebenfalls ahnten, was da auf sie zukam.

Am späten Nachmittag peitschten die ersten Sturmböen über ihre Köpfe. Sie rissen und zerrten an den Reitern und Tieren, sodass diese sich nur mit Mühe auf den Beinen halten konnten.

Sie befanden sich auf einer der größeren Inseln in den Flusslanden, die mit Bäumen bewachsen und etwas hügelig war. Mansaar hatte die Hoffnung, einen geschützten Lagerplatz zu finden und beschloss daher, der Kolonne vorauszureiten.

Die Lautstärke des Windes war ohrenbetäubend, wurde jedoch noch vom Donner übertroffen, der den in unmittelbarer Nähe einschlagenden Blitzen folgte. Mansaar duckte sich in seinem Sattel und konnte die Vibrationen des Donners in der Luft spüren. Es war das erste Mal, dass er die entfesselten Mächte der Natur so hautnah erlebte, und so fühlte er plötzlich noch etwas anderes ganz deutlich: die Angst um sein Leben.

All seine bisherigen Sorgen und Bedenken kamen ihm plötzlich unwichtig vor. Mansaar spürte instinktiv, dass diese Situation bedrohlicher war als alles andere, was er bisher erlebt hatte.

Er ritt gerade zwischen ein paar Bäumen hindurch, deren Umrisse er lediglich als Schatten wahrnehmen konnte, als ein Blitz in einen Baum unmittelbar neben ihm einschlug. Sein Pferd bäumte sich in Panik auf und Mansaar konnte sich nicht mehr im Sattel halten. Er fiel rückwärts von seinem Pferd und alles, was er noch bemerkte, bevor er mit dem Hinterkopf auf einem Stein aufschlug und das Bewusstsein verlor, war ein riesiger Baum, der – vom Blitz gespalten – direkt auf ihn fiel.

Dann wurde ihm schwarz vor Augen.

Loslassen

Das Erste, was Mansaar verschwommen wahrnahm, als er wieder aufwachte, war ein dichtes Gewirr von Ästen und Blättern über ihm, durch das Fetzen des blauen Himmels zu erkennen waren. Was er allerdings sehr schnell und sehr deutlich spürte, waren die rasenden Schmerzen in seinem Kopf. Er stöhnte und legte sich die Hände an die Schläfen, wobei er mit den Fingerspitzen getrocknetes Blut in seinen Haaren ertasten konnte.

Langsam fraß sich die Erinnerung einen Weg durch das Pochen und Hämmern zwischen seinen Ohren. Die Bilder des Sturms und des umstürzenden Baumes tauchten wie aus einem Nebel auf und wurden immer deutlicher. Er fragte sich, wie er den auf ihn fallenden Baum überlebt hatte, doch als er den Kopf hob und sich umsah, wurde ihm klar, dass er es nur einem glücklichen Zufall zu verdanken hatte, dass er noch atmete.

Direkt zu seinen Füßen war der Baumstamm durch den Blitzeinschlag gespalten. Mansaar lag mitten in diesem Spalt. Wäre er einen Schritt weiter nach links oder nach rechts gefallen, hätte ihn der Baum unter sich begraben.

Mansaar ließ den Kopf zurücksinken und blieb noch eine Weile ruhig liegen, bis der pochende Schmerz zu einem leichten Drücken wurde, dann stand er auf und kämpfte sich durch das dichte Laub des gefallenen Baumes.

Er blickte den Weg zurück, den er gekommen war, doch die schwache Hoffnung, seine Diener dort zu entdecken, erlosch sofort. Der Weg ging eine ganze Strecke lang geradeaus und war leicht einsehbar, doch er konnte keine Regung und keinen Farbklecks erkennen, die nicht in die Wildnis gehörten. Enttäuscht sackte er in sich zusammen und wollte sich gerade auf den Baumstamm fallen lassen, als er ein Geräusch vernahm.

Ein paar Dutzend Schritte entfernt stand sein Pferd grasend auf einer kleinen Waldlichtung. Es hob kurz den Kopf, als es Mansaars Bewegungen wahrnahm, doch nach einem Augenblick widmete es sich wieder den saftigen Pflanzen vor seinen Hufen. Das Tier schien unversehrt.

Mansaar stieß einen tiefen Seufzer der Erleichterung aus. Er war offensichtlich nicht der Einzige, der heil aus dem Unwetter herausgekommen war. Er ging zu seinem Pferd, nahm es am Zügel und führte es zurück auf den Pfad, um in die Richtung zurückzureiten, aus der er gekommen war. Mansaar hatte die Hoffnung noch nicht aufgegeben, seine Diener zu finden.

Nach etwa einhundert Pferdelängen entdeckte er frische Spuren auf dem Boden und neben dem schmalen Weg ein paar Kisten, Bündel und Säcke. Anscheinend waren seine Diener dem Weg bis hierher gefolgt, hatten ein paar Ausrüstungsgegenstände weggeworfen und waren dann umgedreht.

Sie hatten ihn im Stich gelassen.

Als Mansaar klar wurde, dass seine Diener, ohne ernsthaft nach ihm zu suchen, verschwunden waren, konnte er seine Enttäuschung nicht mehr verdrängen. Er rutschte aus dem Sattel, ließ sich auf die Knie sinken und vergrub sein Gesicht in den Handflächen.

Konnte er den Seelenspiegel alleine finden?

Sollte es das schon gewesen sein? Er hatte so viel Hoffnung in die Suche nach dem Seelenspiegel gelegt. Durfte er da einfach so aufgeben? Was würden die Leute in der Stadt sagen? Er konnte es sich vorstellen. Doch welchen Sinn hatte es, allein mit einem Pferd, ohne Proviant, Diener und Zelt weiterzusuchen? Wie weit würde er kommen?

Mansaar hatte das Gefühl, als wäre ihm sämtliche Lebenskraft entzogen worden. Die gesamte Verzweiflung der letzten Wochen stürzte wieder auf ihn ein. Tränen ergossen sich über sein Gesicht und auf seine Handflächen. Ein tiefes Schluchzen entrang sich seiner Brust, er konnte und wollte es nicht mehr unterdrücken. Mansaar war nicht in der Lage, einen klaren Gedanken zu fassen, und wollte nur noch, dass dies hier ein Ende nahm. Er wünschte sich, zu Hause in seinem Bett aufzuwachen und festzustellen, dass die letzten Wochen nur ein Albtraum gewesen waren.

Während Mansaar zusammengekauert auf dem Waldboden kniete, war er so mit seinen rastlosen Gedanken und überschäumenden Gefühlen beschäftigt, dass er das Rascheln einzelner Blätter im aufkommenden Wind nicht wahrnahm. Der schwache Luftzug wurde etwas stärker und verfing sich in den Ästen der umstehenden Bäume. Erst als sich Mansaars Gedankenflut etwas beruhigte, wurde er sich langsam des dadurch entstehenden Geräusches bewusst. Er hob den Kopf, lauschte dem Wispern und Rauschen der Blätter, die – so kam es ihm fast vor – wie eine flüsternde, unverständliche Stimme zu ihm sprachen.

Mansaar seufzte tief, als das Wispern lauter wurde und er unversehens eine scheinbar bekannte Stimme vernahm, deren Worte klarer wurden.

… Befreie dich von dem Ballast der Vergangenheit und der vermeintlichen Sicherheit … Dies ist die erste große Hürde, die du überwinden musst … Erkenne den Verzicht als Möglichkeit und nicht als Einschränkung … Das Anklammern ist unsere Natur, das Loslassen müssen wir lernen … Nun lerne schnell, dein Weg ist noch weit …

Mansaar hatte vor Erstaunen die Augen aufgerissen. Es war, als ob er die Worte nicht mit den Ohren hörte, sondern mit dem Herzen. Und je mehr er auf sie lauschte, desto deutlicher konnte er vernehmen, wessen Stimme da zu ihm sprach: Tanzils Stimme.

Selbstsicherheit

Wie vom Donner gerührt kniete Mansaar neben dem Weg und versuchte sich klar zu werden, was da gerade passiert war. Seltsamerweise zweifelte er keine Sekunde daran, dass es wirklich Tanzil gewesen war, der durch den Wind zu ihm gesprochen hatte, auch wenn er sich nicht erklären konnte, *wie* der alte Mann das fertiggebracht hatte.

Doch Mansaar ahnte, *warum* Tanzil dies getan hatte: Tanzils Worte sollten ihn wachrütteln, seine Aufmerksamkeit weg von der Verzweiflung und hin auf seinen Weg lenken. Und er sollte sich darüber klarwerden, dass er die vermeintliche Sicherheit, die ihm sein bisheriges Leben scheinbar bot, loslassen musste. Mansaar sollte über sich selbst nachdenken. Was ihm wichtig war und warum er die Dinge so tat, wie er sie tat.

Denn Mansaar war kurz davor gewesen, zu resignieren. Er hätte aufgrund dieses Rückschlags seine Suche aufgegeben, bevor sie wirklich begonnen hatte. Der Verlust seiner Reisegruppe und die plötzliche Einsamkeit hatten ihm jeglichen Antrieb geraubt, seine Suche fortzusetzen. Es kam ihm so vor, als ob ihm durch das Verschwinden seiner Diener die wichtigste Voraussetzung für seine Suche genommen worden war.

Doch erst durch dieses Unglück hatte Mansaar verstanden, dass es darauf nicht ankam, dass der Erfolg seiner Suche nicht von der Größe seiner Reisegruppe oder dem Luxus seiner Unterkunft abhing, sondern allein von seinem Willen, das Ziel zu erreichen.

Er allein definierte seine Grenzen, und er allein konnte seine eigenen Grenzen überwinden!

Und Mansaar begann dank Tanzils Worten auch zu verstehen, warum ihm die aktuelle Situation so zu schaffen machte.

Durch den Wohlstand seiner Eltern und seinen Erfolg als Händler war Mansaar zeit seines Lebens von Menschen umgeben gewesen, die ihm alle seine Wünsche erfüllt hatten. Zuerst seine Eltern, dann seine Diener und die Angestellten in seinem Geschäft, und auch seine Frau hatte sich um ihn gekümmert. Nie war er wirklich auf sich allein gestellt gewesen. Dies hatte ihm unbewusst die trügerische Sicherheit gegeben, dass er immer jemanden hatte, auf den er zurückgreifen konnte.

Das hatte sich nun geändert. Mansaar hatte lernen müssen, dass sich diese vermeintliche Sicherheit sehr schnell in Luft auflösen konnte. Alles, was im einen Augenblick noch wie ein solides Fundament aussah, auf dem man sein Leben aufbaute, konnte im nächsten Augenblick bereits zu Staub zerbröckeln. Wahre Sicherheit kam nicht von außen, etwa durch Freunde, Macht, Geld oder Einfluss. Wahre Sicherheit kam von innen, aus einem selbst heraus. Mansaar verstand: Wenn man sich seiner selbst sicher ist, benötigt man keinen äußerlichen Halt, sondern ruht in sich selbst.

Trotz – oder vielleicht gerade wegen – dieser Erkenntnis waren seine Gefühle in heller Aufruhr. Seine Gedanken schwirrten, Bilder aus seiner Kindheit und Visionen seiner möglichen Zukunft rasten durch seinen Geist. Es war Mansaar beinahe unmöglich, einen klaren Gedanken zu fassen, und er hatte das Gefühl, ihm schwindelte, so schnell sausten die Gedanken und Bilder durch seinen Geist. Da tauchte urplötzlich die Erinnerung an den in sich gekehrten Tanzil am Rande seines Bewusstseins auf und er dachte an Saroushs Worte:

… Diese innere Einkehr kann dir bei regelmäßiger Übung dazu verhelfen, deinen Geist zu beruhigen und zu sammeln, sodass du in der Lage bist, die immer wiederkehrenden Bilder auszublenden und dich auf das Hier und Jetzt zu konzentrieren …

Sollte er die Übung der inneren Einkehr hier praktizieren? War es möglich, dass sie ihm seelische Erleichterung verschaffen konnte? Mansaar war argwöhnisch, doch seine Verzweiflung war größer, und so richtete er sich auf und ahmte die sitzende Haltung Tanzils nach. Die Hände so ineinandergelegt, dass die Finger aufeinander lagen und sich die Spitzen der Daumen berührten, schloss er die Augen und versuchte, sich auf seinen Atem zu konzentrieren, wie es Saroush ihm erklärt hatte.

Die Abfolge der Bilder in seinem Kopf schien jedoch noch an Geschwindigkeit zuzunehmen. Sie rasten geradezu vor seinem inneren Auge vorbei, zu schnell, als dass Mansaar mehr als nur einen winzigen Bruchteil von ihnen hätte wahrnehmen können, bevor sie wieder verschwunden waren und durch neue Bilder ersetzt wurden. Er hatte sich innerhalb eines Herzschlages tief in ihnen verloren und vergessen, was er eigentlich tun wollte.

Der Wille, seine Aufmerksamkeit in die Richtung zu lenken, in die er sie haben wollte, war wie mit zähem Harz verklebt, und Mansaar kämpfte verbissen, um sich daraus zu lösen.

Unverhofft befreite sich sein Bewusstsein von der rauschenden Abfolge der Bilder und er nahm etwas wahr, von dem er spürte, dass es richtig war: das Heben und Senken seines Brustkorbes. Er hatte seinen Atem gefunden. Doch die Freude währte nur kurz, denn sofort hatte er ihn wieder verloren und die Bilder stürmten erneut auf ihn ein. Wie an einem elastischen Band wurde seine Aufmerksamkeit wieder zu den rasenden Bildern zurückgezogen. Als ob die Tür zu ihnen sich nur für den Bruchteil eines Augenblicks schließen ließ, nur um gleich danach mit voller Wucht wieder aufgestoßen zu werden.

Doch nun, da er diese Erfahrung gemacht hatte und wusste, worauf er sich konzentrieren musste, fiel es ihm leichter, wieder zu seinem Atem zurückzukehren. Er zählte das Ein- und Ausatmen und ließ die immer wieder auftauchenden Bilder weiterziehen, ohne sie allzu lange zu beachten. Nach einem Augenblick bemerkte Mansaar, dass er sich über seinen kleinen Erfolg freute, und gleichzeitig begriff er, dass er sich auch durch seine Freude nicht von dem Fokus abbringen lassen durfte. So ließ er auch diese Gedanken fahren und konzentrierte sich wieder auf das Heben und Senken seines Brustkorbes.

Nach einer Weile bemerkte Mansaar, dass sich das Rasen seiner Gedanken beruhigt hatte, und er wollte sich wieder aus seiner Versenkung erheben. Einmal tief einatmend öffnete er die Augen und nahm nach einem kurzen Augenblick seine Umgebung wieder wahr. Die Geräusche des Waldes und die Gefühle seines Körpers drangen wieder an seinen Verstand. Da wurde ihm bewusst, dass er die Dinge um sich herum völlig ausgeblendet und sich nur mit sich selbst beschäftigt hatte. Er fühlte sich etwas erschöpft, aber auch klarer in der Wahrnehmung.*

So einfach war das? Mansaar konnte nicht sagen, wie lange er in innerer Versenkung auf dem Boden neben dem Weg gesessen hatte, doch sehr lange konnte es nicht gewesen sein. Und doch spürte er eine tiefe Erleichterung, als wäre eine schwere Last von seiner Seele genommen.

Mansaar hatte durch Tanzils Worte verstanden, welche Lektion er hier lernen sollte: Er musste die scheinbare Sicherheit seines bisherigen Lebens loslassen, denn je stärker er sich darauf verließ, desto verletzbarer war er. Er musste eine innere Sicherheit finden, die durch äußere Einwirkungen nicht erschüttert werden konnte.

Das Leiden, das er in den letzten Wochen und Monaten wahrgenommen hatte, die Unzufriedenheit kamen auch daher, dass er die Dinge, die ihm Sicherheit geben sollten, nicht festhalten oder an sich binden konnte, es

---

* Mansaars Meditationsübung zur inneren Einkehr finden Sie im Anhang des Buchs.

aber ständig versuchte: seinen beruflichen Erfolg, seine Freunde, sein Ansehen als Händler. Und je mehr er versucht hatte, diese Dinge zu umklammern, desto mehr hatte er unbewusst gefühlt, dass es ihm nicht gelingen würde.

Tief in sich spürte er, dass all dies so flüchtig war wie ein Tropfen Wasser in der Wüste. Und er spürte auch, dass er diese Dinge nicht wirklich wollte, sondern dass ihm der Wunsch danach von außen übergestülpt worden war wie ein zu enges Hemd. Zeit seines Lebens hatten alle Menschen um ihn herum bewusst oder unbewusst ihre Wertvorstellungen an ihn weitergegeben, und er hatte sie ohne nachzudenken als seine eigenen angenommen. Und indem er diesen fremden Zielen nachgejagt war, hatte er seine wirklichen Wünsche und Bedürfnisse vernachlässigt.

Nun wurde es Zeit, dass er lernte, diese fremden Wertvorstellungen zu erkennen, zu hinterfragen und loszulassen.

Und es wurde Zeit, dass Mansaar seine eigenen Werte entdeckte.

Entschlusskraft

Warum sollte er an dieser Stelle aufgeben? War für den Erfolg seiner Suche wirklich wichtig, ob er viele Menschen um sich hatte, die sich um ihn kümmerten? Oder konnte er es nicht auch allein schaffen? Doch was, wenn er in Schwierigkeiten geriet? Wenn sich ihm Räuber in den Weg stellten oder er einen Unfall hatte? War es da nicht sicherer, mit anderen Menschen unterwegs zu sein?

Fragen über Fragen schwirrten in Mansaars Kopf, und am Ende gewann der Wunsch nach vermeintlicher Sicherheit wieder an Stärke. Er steckte anscheinend sehr tief in ihm und lenkte unbewusst all seine Handlungen.

Doch dem wollte Mansaar einen Riegel vorschieben, denn er erkannte nun, dass die Sicherheit, die er bisher im Leben gehabt hatte, ihn nicht vor seiner Krankheit beschützt hatte.

Um seinen unterbewussten Drang nach Sicherheit zu bekämpfen, gab es nur eine Möglichkeit: Er musste einen unsicheren Weg gehen. Eine solche Erfahrung könnte das folgenschwere Verlangen bezwingen. Und augenblicklich konnte er sich nichts Unsichereres vorstellen, als diesen umgestürzten Baum, der wie eine Schranke vor ihm lag, zu überwinden und seine Suche allein fortzusetzen.

Mansaar holte tief Luft. Nun, da er einen Entschluss gefasst hatte, spürte er wieder neue Kraft in seinem Körper.

Er ging zu den zurückgelassenen Gegenständen und durchsuchte sie. Ein Bündel enthielt einige einfache, aber saubere Kleider und ein Paar Babouchen, die ihm einigermaßen passten. In einem Reisesack entdeckte er eine dünne Plane sowie einige Leinen und schmale Stangen, die zusammengesetzt wohl ein kleines Zelt ergaben. In einer Kiste befanden sich zwei leere Wasserschläuche, einige Feuersteine, Besteck, mehrere scharfe Messer sowie verschiedene Lebensmittel. Es waren fast ausschließlich getrocknete Grundnahrungsmittel wie Couscous, Bohnen, Feigen und Datteln, die ohne weitere Zutaten und Gewürze auf die Dauer zwar etwas fade schmeckten, doch sie würden ihn am Leben erhalten.

Mansaar fragte sich, ob seine verschwundenen Begleiter ein schlechtes Gewissen geplagt und sie diese Dinge absichtlich für ihn zurückgelassen hatten, falls er den Sturm überleben und hierher zurückkehren würde. Dadurch war er nun zumindest im Besitz eines Pferdes und verschiedener Ausrüstungsgegenstände, die es ihm bei überlegtem Einsatz ermöglichten, einige Zeit zu überleben, solange er genügend Wasser zur Verfügung hatte.

Das war zumindest hier in den Flusslanden kein Problem, doch Mansaar wusste aus den Erzählungen der Karawanenführer, dass die Flusslande von unwirtlicheren

Landschaften umgeben waren, in denen Trinkwasser nicht mehr im Überfluss zur Verfügung stand: Wüsten, Berge und das Meer.

Da Mansaar nicht alles tragen konnte, musste sein reinrassiges Vollblutpferd wohl oder übel als Lasttier herhalten und er selbst den weiteren Weg zu Fuß zurücklegen. Obwohl er in den letzten Wochen körperlich nicht besonders gut in Form gewesen war, schreckte ihn dieser Gedanke nicht. Im Gegenteil: Er freute sich sogar darauf, wieder etwas aktiver zu sein.

Also machte sich Mansaar nach einem schnellen Imbiss aus ein paar getrockneten Datteln daran, die wenigen Habseligkeiten auf seinem Sattel zu verteilen und festzubinden. Nachdem dies erledigt war, nahm er sein Pferd am Zügel, schaute nochmals kurz in die Richtung, aus der er mit seiner Gruppe gekommen war, als ob er sich von etwas verabschieden wollte.

Dann holte er tief Luft, wendete seinem bisherigen Leben entschlossen den Rücken zu und folgte dem Pfad ins Ungewisse.

Lektion 7

Tränen sind der Schlüssel zur Seele

Kurz nachdem Mansaar den umgestürzten Baum hinter sich gelassen hatte, öffnete sich der Pfad und gab die Sicht auf einen breiten Bach frei, der sich fast parallel zu dem Pfad durch die tiefgrüne Landschaft schlängelte.

Mansaar nutzte sogleich die Gelegenheit, um seinen Wasservorrat aufzufüllen und ein paar tiefe Schlucke des klaren Wassers zu sich zu nehmen. Nachdem er seinen Durst gestillt hatte, starrte er noch einige Augenblicke auf die bewegte Oberfläche des Baches. Wie vor wenigen Tagen am Brunnen in der Stadt versuchte Mansaar, sein Spiegelbild auf dem Wasser zu erkennen. Wenngleich er seine Umrisse in den ruhigeren Uferbereichen deutlicher wahrnehmen konnte als in jenem Bassin in der Stadt, so konnte er dennoch von seinen Gesichtszügen kein ruhiges Bild erhaschen.

Man kann sich selbst in einem ruhigen Gewässer besser sehen als in einem wild strömenden. Genauso, begriff Mansaar, war es mit seinen Gedanken. Je ruhiger er war, desto besser konnte er sich selbst, seine Wünsche und Empfindungen wahrnehmen.

Er hängte die prall gefüllten Wasserschläuche an den Sattel und folgte dem schmalen Weg in eine neue Zukunft. Und obwohl er damit einen unerwarteten Schritt getan und den größten Teil seines bisherigen Lebens hinter sich gelassen hatte, spürte er tief in seinem Inneren die Zuversicht, dass sich nun alles zum Besseren wenden würde.

Voll neu gefundenem Tatendrang wanderte der junge Händler durch die Flusslande. Er watete durch schmale Seitenarme und schwamm mit seinem Pferd durch die tieferen. Unterwegs sammelte er vielfarbige Beeren von den Sträuchern und grub die langen Wurzeln essbarer Pflanzen aus, wie es ihm der alte Karawanenführer seines Vaters vor vielen Jahren gezeigt hatte. Diese bereitete er mit eingeweichten Bohnen und wilden Kräutern zu einem einfachen, aber schmackhaften Mahl.

Das Aufschlagen des Zeltes gestaltete sich anfangs etwas mühsam, doch nach wenigen Tagen beherrschte er die nötigen Handgriffe und auch die Zubereitung einfacher Mahlzeiten so gut, als hätte er seit Jahren nichts anderes getan.

Auch die Übung der inneren Einkehr praktizierte Mansaar nun regelmäßig abends vor dem Schlafengehen. Hatte er anfangs noch immer Schwierigkeiten, seine Gedanken und die ständig wiederkehrenden Bilder zu ignorieren und sich auf seinen Atem zu konzentrieren, so fiel ihm diese Übung von Tag zu Tag leichter und mit jedem Mal fühlte er sich wohler dabei. Er hatte den Eindruck, dass er sich mit zunehmender Übungspraxis auch wieder besser fokussieren und an bestimmte Dinge erinnern konnte, als es in den letzten Wochen und Monaten der Fall gewesen war. Mansaar spürte, dass die Übung der inneren Einkehr zu einem zentralen Baustein seiner Genesung geworden war.

Die ungewohnte Bewegung verursachte ihm zuerst noch Muskelkater in den Beinen und auch einige Blasen an den Füßen, doch nach kurzer Zeit hatte er sich an die körperlichen Anstrengungen gewöhnt. Er ging früh schlafen und stand vor dem ersten Sonnenstrahl wieder auf, um seinen Weg fortzusetzen. So wanderte er Tag um Tag weiter, ohne zu wissen, wo das Ziel seines Suchens lag.

Irgendwann hatte er die Flusslande hinter sich gelassen und war über einen schmalen Landstrich mit immer spärlicherem Bewuchs bis in die Weiße Wüste am Fuße des Schattengebirges gewandert. Die Landschaft hier war eben, doch durchsetzt mit hellen Felsbrocken, sodass der Weg selten geradeaus führte.

Auch wurde das Wasser langsam zu einem Problem. Es häuften sich die Tage, an denen Mansaar kein oder nur wenig Wasser für sich und sein Pferd in versteckten Felsnischen fand. Die Suche nach diesen Verstecken kostete ihn einen nicht unerheblichen Teil seiner Zeit, wodurch sich sein Fortkommen verlangsamte.

So kam es, dass sich durch Hitze, Flüssigkeitsmangel, Einsamkeit und die Monotonie des ständigen Wanderns Mansaars Stimmung eintrübte. Zweifel über den Sinn und den erfolgreichen Ausgang seiner Suche nisteten sich in seinen Gedanken ein, und er ertappte sich mehrfach dabei, wie er sich sehnsüchtig in die Richtung umschaute, in der seine Heimatstadt mit seiner Familie und seinen Freunden in vielen Tagesreisen Entfernung lag.

Ein weiterer Gedanke trug dazu bei, dass sich die Niedergeschlagenheit wie ein schleichendes Fieber in ihm ausbreitete: Durch den dauerhaften Wassermangel war sein Pferd sehr geschwächt und hatte Mühe, seine Last zu tragen. Je näher sie dem Schattengebirge kamen, desto unwegsamer wurde der Weg, und es kam nicht selten vor, dass das Tier aus dem Tritt kam und stolperte.

Mansaar versuchte den Gedanken zu verdrängen, doch tief in seinem Inneren wusste er, dass er sein Pferd wohl oder übel zurücklassen musste, wenn er nicht riskieren wollte, dass es sich einen Lauf brach und elend verendete. Für Mansaar war es jedoch nicht nur ein Pferd. Das Tier war sein einziger Begleiter, und er wollte sich nicht von ihm trennen.

Eines Nachts, als er neben seinem Zelt am heruntergebrannten Lagerfeuer saß, überfiel ihn plötzlich mit voller Wucht jenes peinigende Gefühl der ohnmächtigen Verzweiflung, das er seit einiger Zeit nicht mehr wahrgenommen hatte. Es war so stark, dass Mansaar von Schluchzern geschüttelt wurde. Ein Strom salziger Tränen zog feuchte Spuren über sein staubiges Gesicht, brannte in seinen Augen und den feinen Rissen seiner ausgetrockneten Haut.

Mansaar hielt sich die rauen Hände vors Gesicht und versuchte verzweifelt, dem tiefen Schluchzen Einhalt zu gebieten, welches sich aus den Tiefen seiner Brust löste, doch ihm fehlte die körperliche und geistige Kraft. So ließ er seinen Gefühlen freien Lauf und sackte neben der roten Glut zusammen.

Er spürte, wie die tiefe Verzweiflung erneut in Wellen aus seinem Bauch hinauf schwappte und sich mit klagenden Lauten einen Weg durch seinen Hals bahnte.

War dies der Augenblick, den Saroush gemeint hatte, als er Mansaar den Rat gegeben hatte: »Dort, wo es wehtut, geht es lang«?

»Warum?«, rief er in die Nacht hinaus und ballte die rechte Hand zur Faust. »Warum ich?«

Was meinst du mit »Warum ich«?

Mansaar vernahm eine Stimme wie einen leisen Windhauch. Er richtete sich auf, wischte sich die staubigen Tränen aus den geröteten Augenwinkeln und sah sich um. Doch er konnte nichts erkennen. Er dachte schon, er hätte sich die Stimme nur eingebildet, als er aus den Augenwinkeln unvermittelt einen hellen Schleier bemerkte, der sich wenige Schritte neben seinem Lager bildete. Kurz darauf nahm der leuchtende, leicht pulsierende Nebel die Konturen einer langhaarigen Frau in einem wehenden Kleid an, die etwa einen Schritt über dem Boden schwebte.

Mansaar sprang auf und starrte die schemenhafte Gestalt an, die sich nicht von der Stelle bewegte und ihn durch dunkle, an Kohlestücke erinnernde Augen aufmerksam musterte.

»Wer bist du?«, rief er.

Ich bin Ujala, das Licht der Weißen Wüste.

Mansaar musste sich anstrengen, die sanfte Stimme überhaupt wahrnehmen zu können. »Bist du«, begann er zögernd, »bist du ein Geist?«

Ich bin eine Dschinniya.

»Eine Dschinniya!«, rief er leise, aber erstaunt aus. Wie alle Kinder hatte er früher von seinen Eltern spannende Geschichten über die Dschinn – aus Feuer geschaffene Naturgeister – gehört, sie jedoch als reine Erfindung abgetan. Die Dschinniya waren, so erzählte man sich, weniger schrecklich als ihre männlichen Gegenstücke. Viele hatten sich aus der grausamen Welt der Dämonen zurückgezogen und lebten allein an versteckten Orten.

Mansaar hoffte, dass diese Dschinniya noch bei vollem Verstand war.

»Womit habe ich die Ehre verdient, dass du auf mich aufmerksam geworden bist, Licht der Weißen Wüste?«, fragte er respektvoll und verneigte sich leicht, jedoch ohne seine Besucherin aus den Augen zu lassen.

Meine Bestimmung ist es, die Reisenden zu behüten, die sich auf den schwierigen Weg durch die Weiße Wüste machen, denn sie kann grausam und wild sein. Dem sind viele nicht gewachsen. Und bei dir hatte ich das Gefühl, dass du meine Hilfe brauchst.

»Hilfe? Wobei?«, fragte Mansaar, obwohl er ahnte, was sie meinte.

Du scheinst sehr durcheinander zu sein.

»Allerdings«, bestätigte Mansaar niedergeschlagen. »Ich bin auf der Suche nach einem Gegenstand. In den letzten Tagen war ich sehr zuversichtlich, was den Erfolg meiner Suche anging, doch nun gewinnen meine Zweifel und meine Unsicherheit wieder die Oberhand.«

Und warum ängstigen dich diese Gefühle?

Mansaar dachte einen Moment nach, bevor er antwortete. »Ich hatte wahrscheinlich erwartet, dass mir die

Zuversicht und das Vertrauen in einen guten Ausgang meiner Suche erhalten bleiben. Ich halte es nicht länger aus, zwischen diesen beiden Gefühlswelten hin- und hergerissen zu werden.«

Warum?

Mansaar staunte ob dieser Frage, denn für ihn war die Antwort einleuchtend. »Wahrscheinlich, weil ich schlechte Gefühle nicht mag.«

Welches dieser Gefühle ist schlecht?

Wieder wunderte er sich. »Das ist doch klar: Zuversicht ist ein gutes Gefühl, Unsicherheit ein schlechtes.«

Ist das wirklich so augenscheinlich? Ob etwas gut oder schlecht ist, liegt ganz allein im Auge des Betrachters. Was für den einen gut ist, ist für den anderen schlecht. Zum Beispiel ist für viele meiner Brüder Angst etwas Schönes, da sie sich von ihr ernähren. Welche Gefühle wir als gut oder schlecht erachten, wurde uns anerzogen. Doch jeder ist in der Lage, diesen Teil der eigenen Natur zu verändern. Denn alle Gefühle haben einen Nutzen, die guten wie auch die schlechten.

»Wozu sind denn schlechte Gefühle nutze?«

Nun, in erster Linie erinnern auch sie dich daran, dass du lebst!

»Dass ich lebe?«, fragte Mansaar vollkommen verdattert. »Ich weiß doch, dass ich lebe.«

Das sagt dir dein Kopf, doch wie oft hast du in den letzten Jahren GESPÜRT, dass du lebst?

»Wie meinst du das?«

Ganz einfach: Wie oft hattest du starke Gefühle, egal, ob gut oder schlecht?

Mansaar wurde sich schlagartig eines sehr tief verankerten Verhaltensmusters bewusst. »Sehr selten. Ich glaube, ich wollte keine schlechten Gefühle zulassen und habe deshalb auch die guten unterdrückt. Selbst meiner Familie gegenüber fiel es mir schwer, meine Empfindungen zu zeigen. So gab es keine großen Veränderungen, und mein Leben war sehr gleichförmig.«

Ich würde eher eintönig sagen, denn gerade dieses Auf und Ab der Gefühle gehört zu unserem Leben dazu.

Mansaar bedeckte sein Gesicht mit den Händen, denn die Tränen zogen wieder feuchte Bahnen auf seinen Wangen. »Ich fühle mich so ohnmächtig, so hilflos. Ich weiß nicht, wie ich es anstellen soll, meine Gefühle zuzulassen.«

Wieso? Du hast doch den ersten Schritt schon getan.

Mansaar schaute fragend auf. »Was meinst du?«

Sieh in deine Handflächen, dann verstehst du, was ich meine.

Der junge Händler aus der Stadt blickte in seine geöffneten Hände, in denen sich das Silberlicht des Mondes in den feuchten Spuren seiner salzigen Tränen widerspiegelte.

»Ich weine!«, sagte Mansaar leise und mehr zu sich selbst als zu der schemenhaften Gestalt.

Ja. Erwachsene Menschen verschließen ihre Tränen tief in sich, denn sie erachten sie als Schwäche, doch Tränen sind der Schlüssel zu unserer Seele. Sie können sowohl Freude als auch Leid ausdrücken, einen Freund willkommen heißen oder für immer verabschieden. Doch in beiden Fällen sind sie eine deutliche Botschaft unserer Seele und eröffnen uns dadurch die Möglichkeit, einen wichtigen Teil unseres Selbst zu erforschen. Tränen unterstützen überdies den Prozess des Loslassens. Wenn man Tränen zurückhält, klammert man sich an etwas, statt es loszulassen.

Es kam Mansaar vor, als könnte er durch die salzige Feuchtigkeit auf seinen Händen direkt in sein Innerstes blicken. Er entdeckte dort eine lang aufgestaute Traurigkeit, die er tief in seinem Herzen vergraben hatte und die sich nun, einmal entdeckt, nicht mehr zurückhalten ließ. Sie brach sich unaufhaltsam Bahn und schüttelte seinen ganzen Körper. Sofort stieg in ihm der Wunsch auf, dies zu unterbinden. Er sah seinen Vater vor sich, der ihm als Kind verboten hatte zu weinen, denn dies ziemte sich nicht für einen Mann und den Sohn eines erfolgreichen Händlers. Da der kleine Mansaar seinem Vater gefallen wollte, hatte er seine Tränen und damit auch die dahinterstehenden Gefühle hinter einer dicken Mauer aus Selbstbeherrschung und Disziplin verschlossen.

Doch diese Mauer wurde nun unaufhaltsam eingerissen. Gleichzeitig mit der Traurigkeit und den Tränen spürte Mansaar – wie von Ujala vorhergesagt – eine tiefe Erleichterung, die seinen Geist mit Zuversicht füllte.

Mansaar hatte einen vermeintlich schlechten Teil seines Lebens und damit seines Selbst akzeptiert und als positiv empfunden und sich dadurch einen weitaus größeren Teil seiner Seele zugänglich gemacht.

»Danke!«, sagte er in Richtung der Frauengestalt, doch sie war verschwunden.

Nach wenigen Augenblicken nahm er wahr, wie wirr seine Gedanken und Gefühle waren. Daher setzte er sich aufrecht hin, legte die Hände gegeneinander in seinen Schoß und führte die Übung der inneren Einkehr durch. Es war, als ob sein Geist nur darauf gewartet hatte, denn fast unmittelbar, nachdem Mansaar mit der Übung begonnen hatte, beruhigten sich seine unsteten Gedanken, und er konnte seine Gefühle nun in ihrer Vollkommenheit empfinden.

Dermaßen beruhigt legte er sich in seinem Zelt nieder und fiel sofort in einen tiefen, traumlosen Schlaf.

Selbstbestimmung

Mansaar erwachte am nächsten Tag in seinem Zelt. Obwohl er sich an die gesamte Szene des gestrigen Abends klar und deutlich erinnern konnte, überkam ihn dennoch ein unwirkliches Gefühl, wenn er daran dachte.

Wichtiger war jedoch, dass Mansaar spürte, dass sich etwas Entscheidendes in ihm verändert hatte. Er fühlte sich erleichtert und gleichzeitig wie mit einer Bürde belastet. Erleichtert, weil er einen Zugang zu seinen Gefühlen gefunden hatte, und belastet, weil er sich nicht sicher war, ob er damit umgehen konnte. Doch anstatt diese Eindrücke beiseitezuschieben, näherte er sich ihnen neugierig wie ein kleines Kind, das zum ersten Mal etwas Spannendes entdeckt, es aber noch nicht richtig einschätzen kann. Zuversichtlich betrachtete Mansaar seine Gefühle und Gedanken, wie ein Fremder eine ihm unbekannte Szene beobachten würde, und er war erstaunt, wie häufig seine Empfindungen zwischen Freude und Angst, zwischen Hoffnung und Enttäuschung schwankten.

Diese Beobachtungen gaben ihm wieder mehr Selbstsicherheit und er lernte, sich diesen extremen Stimmungen nicht sofort und vorbehaltlos hinzugeben, sondern sie zuerst eine Weile zu erforschen und abklingen zu lassen, bevor er sie zu einem bewussten Teil seiner Selbst machte.

Dies erleichterte es ihm auch, die notwendige Entscheidung zu treffen, die er seit Tagen vor sich herschob. Er musste sich von seinem Pferd trennen, denn sein weiterer Weg würde schwierig und unvorhersehbar sein. Er musste allein weitergehen.

Nachdem Mansaar dies klargeworden war, packte er die verbliebenen Vorräte, Kleider und Ausrüstungsgegenstände in den Reisesack, in dem sich bereits das Zelt befand, und hängte ihn sich über die Schultern. Den Sattel ließ er neben dem heruntergebrannten Lagerfeuer liegen. Er würde ihn nicht mehr benötigen.

Mit einem leichten Klaps auf die Kruppe schickte er sein Pferd los. Es trabte locker einige Dutzend Schritte und blieb dann stehen, um sich zu Mansaar umzusehen. Als wollte es sich vergewissern, ob er auch wirklich entschlossen war, es fortzuschicken.

Mansaar machte eine auffordernde Handbewegung. »Nun los, verschwinde, bevor ich es mir noch anders überlege und dich hinter mir her zerre.«

Die Stute schien diese Worte zu verstehen, denn sie schnaubte kurz zum Abschied, drehte sich um und trabte in die Richtung zurück, aus der sie gemeinsam gekommen waren. Nachdem sie hinter einem flachen Hügel verschwunden war, realisierte Mansaar, dass er nun vollkommen allein war. Als ob ihn mit seinem Pferd ein echter Freund verlassen hatte.

Mansaar seufzte tief und machte sich in die entgegengesetzte Richtung auf den Weg. Der Reisesack auf seinen Schultern war etwas schwerer als erwartet, doch er wusste, dass diese Belastung von Tag zu Tag leichter werden würde.

Der schmale Pfad, auf dem er wanderte, folgte grob einer Richtung, schlängelte sich jedoch um viele Felsbrocken und Spalten im Boden. Tags darauf änderte sich die Landschaft. Wo zuvor mannshohe Felsbrocken die Sicht auf den weiteren Verlauf des Pfades versperrt hatten, traten nun ebenso hohe Büsche und Sträucher ins Blickfeld. Die Pflanzen waren an ein Leben in der Trockenheit angepasst und bestanden mehr aus Ästen und Dornen als aus grünen Blättern. Mansaar vermied es, ihnen allzu nahe zu kommen.

Irgendwann im Laufe des Vormittags kam Mansaar an einer schmalen Abzweigung vorbei, die er zwar aus den Augenwinkeln sah, aber nicht bewusst wahrnahm. Sie war fast zugewachsen und kaum noch als Pfad zu erkennen.

Am Mittag ließ er sich an einer etwas breiteren Stelle des Pfades nieder, wo er sein Essen zubereiten und ein kurzes Nickerchen halten konnte. Frisch gestärkt und ausgeruht machte er sich wieder auf den Weg. Nach einiger Zeit kam er erneut an einem fast zugewachsenen Seitenpfad vorbei. Dieses Mal wurde er sich dessen bewusst und dachte sogar kurz darüber nach, ob er hier abbiegen sollte und wohin ihn dieser Pfad wohl führen mochte. Doch er sagte sich sogleich, dass dies wohl eine Sackgasse sein würde. Er blieb nicht stehen, und ein paar Momente später war der Gedanke aus seinem Kopf verschwunden.

Die Nacht verbrachte Mansaar in einer schmalen Senke seitlich des Pfades. Dort konnte er zwar das Zelt nicht aufschlagen, doch durch die dichten Büsche rings umher war er trotzdem geschützt. Mansaar lauschte dem leisen Zirpen der Grillen und betrachtete den sternenklaren Nachthimmel über seinem provisorischen Nachtlager. Noch nie waren ihm die vielen Sterne am Firmament so bewusst geworden.

Er fragte sich, ob seine Frau und die Kinder in diesem Augenblick vielleicht auf dieselben Sterne blickten oder ob sie bereits in ihren Betten lagen und sich von einem anstrengenden Tag erholten. Kurze Zeit später fielen ihm die Augen zu.

Nach einer ruhigen Nacht und einem einfachen Frühstück packte er seine Sachen in den Reisesack, machte sich wieder auf und folgte weiter dem breiten Weg, den er insgeheim den *Buschpfad* nannte.

Nicht lange nach seinem Aufbruch entdeckte er abermals abseits des Weges eine fast zugewachsene Lücke in den Büschen, welche zu einem schmalen Pfad führte. Mansaar blieb stehen und betrachtete die unscheinbare Bresche neugierig. Irgendetwas zog ihn fast magisch dorthin. Er verspürte einen starken Drang, den breiten Weg zu verlassen und stattdessen diesem unscheinbaren Steig zwischen die Büsche zu folgen.

Kaum wurde ihm dieser Wunsch klar, fielen ihm mehrere Gründe ein, warum er dies nicht tun sollte.

Du kannst doch nicht einfach von diesem schönen, breiten Weg abweichen und eine unbekannte Richtung einschlagen!

Wer weiß, wohin dieser Pfad führt? Womöglich fällst du in eine Felsspalte und musst darin verhungern?

Folge lieber dem Weg, den schon viele andere vor dir gegangen sind. Sie werden schon gewusst haben, warum sie hier nicht abgebogen sind!

Mansaar seufzte. Er hatte diesen offensichtlich vernünftigen Argumenten nichts entgegenzusetzen, also drehte er um und folgte dem breiteren Buschpfad. Kaum war er ein paar Schritte an der Abzweigung, war die Stimme in seinem Kopf verstummt.

Doch er dachte noch lange über diese Situation nach. Zum einen wunderte sich Mansaar, wie sehr ihn die genannten Gründe an etwas aus seiner Vergangenheit erinnerten, das er augenblicklich jedoch noch nicht richtig benennen konnte. Zum anderen spürte er Enttäuschung darüber, nicht abgebogen zu sein, denn er hatte den Drang dazu deutlich in sich gefühlt. Letztendlich hatte sein Kopf über seinen Bauch gesiegt, was zwar ein vages Gefühl der Sicherheit, aber keine Befriedigung in ihm zurückließ. Es kam ihm so vor, als sei die Tür zu einer möglichen Chance vor seiner Nase zugeschlagen worden.

Dieses Vorkommnis hatte ihn aufmerksam werden lassen, und so war es nicht verwunderlich, dass Mansaar am Nachmittag die nächste versteckte Abzweigung sofort entdeckte und sich auch das Verlangen, den vorgegebenen, bequemen Weg zu verlassen, sofort wieder meldete. Als er sich langsam und neugierig dem mit trockenem Gebüsch überwucherten Pfad näherte, tauchte abermals die Stimme in seinem Kopf auf.

Dieser Pfad sieht aber nicht vertrauenserweckend aus. Da brichst du dir bestimmt den Knöchel.

Was, wenn dich der Pfad weiter weg von deinem Ziel führt, statt dich ihm näher zu bringen?

Mansaar spürte, wie seine Entschlossenheit ins Wanken geriet. Plötzlich nahm er aus den Augenwinkeln eine flüchtige Bewegung wahr. Als er den Kopf rasch in die Richtung drehte, konnte er jedoch nichts erkennen außer dürren Ästen und trockenen Blättern.

»Ich habe den Wunsch, diesen anderen Weg zu beschreiten, doch ich finde immer scheinbar einleuchtende Gründe dagegen, sobald ich mich ihm nähere! Was ist nur los mit mir?«, fragte sich Mansaar selbst laut. Er rechnete nicht wirklich mit einer Antwort, als sich die Stimme in seinem Kopf wieder meldete.

Wahrscheinlich hast du vorher nicht über mögliche Konsequenzen beim Verlassen des für dich vorgesehenen Weges nachgedacht.

»Für mich vorgesehen?«, wunderte sich Mansaar über seine eigenen Gedanken. »Wer hat diesen Weg für mich vorgesehen? Ich bin der Einzige, der bestimmt, wohin mich meine Reise führt«, sagte er zu sich selbst und machte einen entschlossenen Schritt auf die fast unsichtbare Lücke im Gestrüpp zu, als in seinen Gedanken ein lauter Ausruf erklang.

Nein, dies ist nicht dein Weg und viel zu gefährlich. Du weißt nicht, was dich da erwartet.

Mansaar blieb abrupt stehen. Zum einen war er von der Heftigkeit seiner Gedanken überrascht, die ihm plötzlich seltsam fremdartig vorkamen. Zum anderen nahm er aus den Augenwinkeln wieder eine rasche Bewegung in den Büschen wahr. Doch erneut konnte er nichts erkennen, als er genauer hinsah. Wahrscheinlich war es nur ein kleines Tier, welches sich vor ihm versteckte!

Langsam, aber sehr deutlich spürte Mansaar ein ungutes Gefühl in der Magengegend. Trotz seines Wunsches, den Buschpfad zu verlassen, schien sich sein Verstand dagegen zu wehren. Hier stimmte etwas nicht, doch Mansaar konnte sich nicht erklären, was. Doch dem wollte er auf den Grund gehen.

Da es bereits später Nachmittag war, beschloss er, an dieser Stelle die Nacht zu verbringen. Sie war sehr gut dafür geeignet, da sich genug Platz fand, wo er seine Decken ausbreiten konnte.

Während der Zubereitung seines Abendessens hatte er noch mehrmals den Eindruck, Bewegungen am Rande seines Gesichtsfeldes wahrzunehmen, daher vermutete er, dass es mehrere Tiere waren. Doch so häufig er sich auch umblickte, nie konnte er eines entdecken.

In Mansaar erwachte der Ehrgeiz, eines dieser verstohlenen Geschöpfe zu beobachten. Da sie sich in der Nähe seines Lagers aufhielten, schienen sie wenig ängstlich, dafür eher neugierig zu sein. Diese Neugierde sowie das Bedürfnis aller Lebewesen nach Nahrung wollte er ausnutzen.

Nachdem er gegessen hatte, nahm er eine Handvoll getrockneter Datteln, schob sich genüsslich zwei davon in den Mund und aß sie. Dann gähnte er ausgiebig und ließ sich auf sein Nachtlager sinken. Den Arm, dessen Hand die restlichen Datteln hielt, streckte er seitlich in die Richtung aus, in der er die verborgenen Wesen vermutete. Er legte den Kopf auf den Oberarm und schloss die Augen bis auf einen schmalen Spalt, damit er unauffällig die Umgebung beobachten konnte.

So lag er einige Zeit, ohne dass er etwas Ungewöhnliches bemerkte. Er hatte Mühe, die Augen offen zu halten, denn es wurde langsam dunkel und er hatte einen anstrengenden Tag hinter sich. Mansaar blinzelte einmal kurz, um sich wach zu halten, als er den Eindruck hatte, ein Teil des Gebüschs vor ihm würde sich selbstständig machen.

Plötzlich war er hellwach und öffnete seine Augen etwas weiter. Tatsächlich löste sich ein Teil des Busches und bewegte sich langsam auf seine ausgestreckte Hand zu. Mansaar war überzeugt davon, dass er träumte. Als das wandelnde Gehölz näher kam, bemerkte er auch links und rechts davon Bewegungen in den Sträuchern. Diese waren allerdings sehr hektisch und schienen nicht damit einverstanden zu sein, dass sich der mittlere Strauchteil Mansaar näherte. Als dieser nur noch zwei Schritte von der Hand mit den Datteln entfernt war, erkannte Mansaar, dass es sich dabei nicht um trockenes Geäst handelte, sondern um ein nicht ganz zwei Handbreit großes Lebewesen, welches lediglich als Strauch getarnt war.

Mansaar identifizierte Arme, Beine, einen schlanken Körper und einen Kopf mit kleinen schwarzen Knopfaugen, die aufgeregt und etwas ängstlich zwischen Mansaars Gesicht und den Datteln in seiner ausgestreckten Hand hin und her wanderten. Die Gliedmaßen des Wesens schienen mit trockenen Blättern umgeben, doch

Mansaar konnte in dem schwindenden Licht nicht erkennen, ob es sich um Auswüchse seines Körpers oder eine Art Kleidung handelte.

Vorsichtig näherte sich das Geschöpf Schritt für Schritt Mansaars Hand, bereit, sich jederzeit mit einem großen Satz außer Gefahr zu bringen. Als es nur noch eine halbe Körperlänge vor den verlockenden Leckerbissen stand, beugte es sich vor und berührte mit einer dürren Hand, an der sich vier ebenso dürre Finger befanden, misstrauisch eine der Datteln. Es zog die Hand zurück und hob sie an den Kopf, vermutlich, um daran zu riechen.

Das Ergebnis schien die Kreatur zufriedenzustellen, denn sie beugte sich erneut vor und griff sich mit beiden Händen vorsichtig eine Dattel. Mansaar beobachtete das Geschöpf weiterhin mit halb geschlossenen Augen. Er war so fasziniert, dass er sich nicht zu rühren traute.

Kaum hatte das Strauchgeschöpf die Dattel in den Händen, machte es ein paar schnelle Sätze zurück zu dem Busch, aus dem es gekommen war, und verschwand. Die Bewegungen in den seitlichen Büschen deuteten darauf hin, dass sich seine Gefährten um ihn versammelten.

Mansaar war gespannt, was nun passieren würde, und blieb mit der ausgestreckten Hand liegen, auf der sich noch eine weitere Dattel befand.

Die Bewegungen in dem Strauch, in dem sich die seltsamen Geschöpfe befanden, wurden energischer, doch kein Laut drang an Mansaars Ohr. Diese Wesen hatten offensichtlich gelernt, sich lautlos in den trockenen Pflanzen zu bewegen.

Nach wenigen Augenblicken löste sich erneut eines der Geschöpfe aus dem Gebüsch, doch Mansaar konnte nicht erkennen, ob es sich um dasselbe wie zuvor oder ein anderes handelte. Die Kreatur hatte offensichtlich weniger Angst als vorher und näherte sich Mansaars Hand etwas schneller als beim ersten Mal. Sie streckte gerade die dürren Finger aus, um sich die verbliebene Dattel zu schnappen, als Mansaars geöffnete Hand vorschoss und die dünne Gestalt packte.

Zuerst war sie stocksteif vor Schreck, dann begann sie sich in Mansaars Hand zu winden. Doch ihm fiel es leicht, das Geschöpf festzuhalten. Er hatte lediglich Angst, dass er zu fest zudrückte und ihr die Äste – oder besser: Arme und Beine – brach.

Fast gleichzeitig meldete sich eine Stimme in seinem Kopf.

Du musst ihn sofort loslassen, du hast kein Recht, ihn festzuhalten.

Und mit einem Mal wusste Mansaar, woher die Stimme von vorhin gekommen war. »Kannst du mich verstehen?«, fragte er das Wesen in seiner Hand. Es hörte auf, sich zu wehren, und sah Mansaar in die Augen.

Wir können dich verstehen, aber wir können nicht so sprechen, wie du es kannst.

»Wir?«, fragte Mansaar gespannt, obwohl er so etwas geahnt hatte. »Du bist nicht allein?«

Als Antwort bemerkte er mehrere Bewegungen unterhalb der Sträucher rings um ihn herum. Ein halbes Dutzend der fremdartigen Gestalten traten daraus hervor. Sie alle waren von ähnlicher Gestalt wie diejenige, die Mansaar festhielt, dennoch konnte er Unterschiede in Größe und Beschaffenheit der Körper erkennen. Manche hatten eine hellgrüne Farbe und erinnerten ihn an frische Äste, andere waren dunkelgrau wie altes, getrocknetes Laub.

Sie blieben in einem respektvollen Abstand stehen und beäugten den großen Menschen vorsichtig.

»Ich möchte euch nichts zuleide tun«, sagte er in die Runde, konnte aber keine Regung auf den Gesichtern der Gestalten wahrnehmen. »Ich möchte mich gern mit euch unterhalten und habe auch noch ein paar der leckeren Früchte, die euch anscheinend so gut geschmeckt haben.«

Mansaar langte in seinen Reisesack, holte den Beutel mit den Datteln heraus und stellte ihn geöffnet zwischen sich und die Kreaturen. Sofort bemerkte er eine gesteigerte Aufregung bei den Kreaturen. Anscheinend war diese Nahrung sehr wertvoll für sie.

Er sah der Gestalt in seiner Hand in die Augen. »Um euch zu zeigen, dass ich nichts Böses im Schilde führe, werde ich dich daher loslassen.« Mansaar setzte das Geschöpf behutsam vor sich auf den Boden. Es machte zwei große Sätze und war unter dem nächsten Strauch verschwunden. Seine Kameraden folgten seinem Beispiel.

Mansaar war wieder allein. Sollte er sich so getäuscht haben?

Doch wenige Augenblicke später nahm er im Licht des inzwischen aufgegangenen Mondes wieder Bewegung in den Sträuchern wahr. Die dürren Gestalten verließen vorsichtig ihre Verstecke in den Büschen und beäugten

Mansaar argwöhnisch. Dieser vernahm ein leises Rauschen und Knistern, als ob sich trockene Blätter im Wind aneinanderrieben. Er hob den Kopf, konnte aber keinen Wind spüren und wunderte sich, woher diese Geräusche wohl stammten, als es ihm dämmerte: Die Wesen redeten miteinander, es war ihre Sprache, die sich wie Blätterrascheln anhörte.

Einen Moment später löste sich eines der Lebewesen aus der Gruppe und näherte sich langsam dem Beutel mit den Datteln. Als es bei ihm angekommen war, beugte es sich über die Öffnung und schaute hinein. Es konnte anscheinend die ersehnten Früchte erkennen, denn es drehte sich nach seinen Kameraden um und gab wieder ein – diesmal freudiges – Geräusch von sich, wie das Knacken von Ästen im Sonnenschein.

Die Gestalt streckte einen dürren Arm in die Beutelöffnung, griff sich eine Dattel und zog sie heraus. Währenddessen musterte sie Mansaar aufmerksam. Als ihr Arm unbeschadet wieder aus dem Beutel kam, wurde sie mutiger und holte sich mit dem anderen Arm eine weitere Frucht. Daraufhin kehrte sie schnell zu der wartenden Gruppe zurück und gab ihnen die Datteln. Die Geschöpfe wisperten aufgeregt miteinander, während sie diese ungewohnte Nahrung untersuchten.

»Darf ich mit euch reden?«, fragte Mansaar in Richtung der fremden Kreaturen. Obwohl er leise gesprochen hatte, machten zwei von ihnen erschreckt einen großen Satz zurück, doch die anderen richteten ihre kleinen Knopfaugen auf das große Wesen, das ihnen scheinbar nichts zuleide tun wollte.

Das Wispern wurde wieder stärker, und Mansaar hatte den Eindruck, als würde nun eine etwas hitzigere Diskussion geführt, obwohl die Gestalten nach wie vor ruhig auf der Stelle standen. Zwei Atemzüge später hörte Mansaar wieder die Stimme in seinem Kopf, die er – hätte er es nicht besser gewusst – für seine eigenen Gedanken gehalten hätte.

Worüber möchtest du mit uns reden?

»Nun«, begann Mansaar, »zuerst würde mich interessieren, wer ihr seid. Ich habe noch nie von einem Volk wie dem euren gehört.«

Wir sind die Wächter des Weges.

»Wächter des Weges? Was bewacht ihr hier?«, fragte er zurück.

Wir bewachen das Begehen des Weges. Unsere Aufgabe ist, dafür zu sorgen, dass jemand, der diesen Weg begeht, ihn auch bis zum Ende geht.

»Ihr meint«, fragte Mansaar und ahmte dabei die seltsame Wortwahl der Wesen nach, »ein Begeher darf den Weg nicht verlassen?«

Ja.

Mansaar zog überrascht die Augenbrauen hoch. »Ist es denn gefährlich, den Weg zu verlassen?«

Das wissen wir nicht.

»Verstößt ein Begeher vielleicht gegen irgendwelche Gesetze, wenn er den Weg verlässt?«, fragte Mansaar besorgt.

Das wissen wir nicht.

»Warum sollt ihr dann verhindern, dass die Begeher den Weg verlassen?«

Wieder nahm das Rauschen zu. Anscheinend war diese Frage für die Wächterlinge, wie Mansaar die Wesen bei sich nannte, nicht so leicht zu beantworten.

Weil es unsere Aufgabe ist.

Mansaar spürte, dass er so nicht weiterkam. »Wer hat euch diese Aufgabe übertragen?«

Diejenigen, aus denen wir gemacht wurden.

»Ihr meint, eure Väter oder Mütter?«

Wir kennen diese Begriffe nicht. Das verwirrt uns.

Der junge Händler aus der Stadt änderte seine Taktik. »Aber ihr könnt doch nicht alle Begeher zwingen, den Weg zu Ende zu gehen. Was ist, wenn jemand einen eigenen Weg gehen möchte und nicht den, den ihr für ihn bestimmt habt?«

Das Rauschen war nun mit einem Knacken durchsetzt, als würden trockene Ästchen abbrechen.

Was ist ein eigener Weg? Wir kennen nur diesen Weg.

Die Frage ließ Mansaar nachdenklich werden. Konnte es wirklich sein, dass die Wächterlinge nicht verstanden, was Selbstbestimmung bedeutete?

»Lasst es mich euch erklären: Wenn ich von hier zu den Schattenbergen gehen möchte, gibt es nicht nur diesen Weg, sondern mehrere. Und jeder hat verschiedene Möglichkeiten, ihn zu betreten oder zu verlassen. Ich bin der Begeher und kann entscheiden, ob ich diesen Weg oder einen anderen nehmen möchte und wo ich ihn betreten oder verlassen möchte. Dadurch wird der Weg zu meinem eigenen Weg.«

Das zunächst verstummte Rauschen und Knacken wurde wieder lauter.

Das verstehen wir nicht. Wir kennen nur diesen Weg. Die Begeher des Weges sollen ihn nicht verlassen.

»Was würde passieren, wenn ein Begeher den Weg an einer Abzweigung verlässt?«

Er würde nicht dort enden, wo die anderen Begeher vor ihm geendet haben.

»Ihr meint«, hakte Mansaar nach, »ihr sorgt dafür, dass alle Begeher das gleiche Ziel erreichen?«

Ja. Das ist sicherer.

»Was meint ihr mit sicherer?«

Wenn viele Begeher den gleichen Weg gehen, ist ihre Ankunft sicherer.

Mansaar begann zu verstehen. »Ihr nehmt also an, dass es besser ist, einen Weg zu gehen, den schon viele zuvor gegangen sind, als von diesem Weg irgendwo abzuzweigen und nicht zu wissen, wo man letztendlich landet?«

Die Wächterlinge berieten sich leise wispernd.

Ja. Wir möchten, dass der Weg für alle Begeher sicher ist.

Mansaar nickte nachdenklich. Im Grunde genommen wollten die Wächter des Weges nur sicherstellen, dass alle, die darauf wanderten, sicher sein Ende erreichten. Den Weg zu verlassen war für sie so unvorstellbar, dass sie über diese Möglichkeit nicht nachdachten. Sie meinten es gut mit den »Begehern«, setzten sich dabei aber unwissentlich darüber hinweg, dass jeder Mensch seinen eigenen Weg bestimmen kann. Sie pflanzten den Begehern ihre Vorstellungen in den Kopf, die von diesen als ihre eigenen Ideen und Vorstellungen wahrgenommen wurden. Erst wenn man sich bewusst mit diesen Gedanken auseinandersetzt, dachte Mansaar, merkt man, dass sie zwar gut gemeint sind, aber nicht wirklich eigene Meinungen sind.

Er erkannte, dass dies auch auf viele Menschen aus seinem persönlichen Umfeld zutraf, die es zwar »gut mit ihm meinten« und erwarteten, dass er »ihren« Weg ging, dabei aber ignorierten, dass er seinen Weg selbst bestimmen wollte: seine Eltern, Lehrer, Freunde. Sie alle stülpten Mansaar ihre Vorstellungen und Erwartungen über, die er dann in Form von unterbewussten Glaubenssätzen verinnerlicht hatte und die seine Entscheidungen maßgeblich beeinflussten.

Sie versuchten – teilweise mit allen Mitteln –, Mansaar vom eigenen Weg abzubringen, obwohl sie überhaupt nicht wissen konnten, ob seine Richtung besser oder schlechter war als die ihre. Ihnen ging die vermeintliche Sicherheit über alles: Ein Weg, den viele andere gehen, kann nicht so schlecht sein und ist auf alle Fälle besser, als etwas Neues zu versuchen und womöglich dabei zu scheitern.

Dabei verstanden sie nicht, dass es für die persönliche Zufriedenheit wichtiger sein kann, den eigenen Weg selbst zu bestimmen und dabei nach der hergebrachten Meinung vielleicht nicht so erfolgreich zu sein, als den Weg einzuschlagen, den viele gehen, und dabei auch nur einer unter vielen zu sein.

Mansaar dachte an seine Kindheit und Jugend zurück und entdeckte weitere Parallelen zwischen dem Verhalten der Wächterlinge und seinem Umfeld, das seine eigenen

Wünsche und Ziele beeinflusst hatte – egal, ob bewusst oder unbewusst.

Wäre er heute Händler, wenn er seinen Neigungen ohne Einschränkungen hätte nachgehen können? Oder vielleicht Pferdezüchter?

Das Zusammentreffen mit den Wächtern des Weges hatte ihn eine weitere Lektion gelehrt: die Bedeutsamkeit der Selbstbestimmung.

Erst jetzt erkannte er, dass er selbst immer die Wahl hatte, etwas zu ändern, indem er einen anderen Weg einschlug. Doch meist folgte er denen, die schon von vielen anderen Menschen beschritten wurden, denn diese waren breit und gut sichtbar. Die Aufforderung, diesen breiten Wegen zu folgen, kam stets von außen, doch bisher war er der Meinung gewesen, es seien seine Entscheidungen. Bisher war er meist fremdgesteuert gewesen und hatte oftmals das getan, was andere von ihm erwarteten. Nun musste er erst einmal zu sich selbst und seinen individuellen Wünschen und Wahrheiten finden.

Heute kam er diesem Ziel einen großen Schritt näher.

»Ich möchte mich bei euch bedanken«, sagte er zu den Wächterlingen. »Ich konnte in dieser kurzen Zeit etwas sehr Wichtiges von euch lernen.«

Auch du hast uns etwas gegeben, worüber wir nachdenken werden.

»Das freut mich«, teilte Mansaar der gesamten Gruppe mit, da er immer noch nicht wusste, die Stimme welches Geschöpfes er in seinem Kopf wahrnahm. »Ich werde morgen weiterreisen, würde aber gern den Weg an dieser Stelle verlassen. Seid ihr damit einverstanden?«

Das Verlassen des Weges hängt nicht von unserem Einverständnis ab. Jeder, der starken Willens ist, kann sich unseren Wünschen widersetzen und den Weg verlassen.

»Das weiß ich inzwischen, aber es wäre mir lieber, wenn ihr mir eure Zustimmung gebt.«

Du hast dein Versprechen gehalten und warst nett zu uns. Wir werden nicht versuchen, dich am Verlassen des Weges zu hindern.

»Vielen Dank!«

Du hast uns Nahrung gegeben, deshalb möchten wir dir ein Geschenk überreichen.

Eines der kleinen Wesen machte ein paar Schritte auf Mansaar zu und legte einen kleinen Ast vor ihm auf den Boden. Er war etwa so lang wie Mansaars Hand, und am oberen Ende waren die dünneren Zweige zu einem kunstvollen Muster geflochten. Mansaar hob den Ast auf und hielt ihn vorsichtig zwischen seinen Händen. Er vermutete, dass dieser Ast eine symbolische Bedeutung hatte, denn wirklich wertvoll sah er nicht aus.

Dies ist ein Botenstab. Er sichert seinem Träger die uneingeschränkte Hilfe aller Wächter des Weges zu, egal, welchen Weg er begeht. Wenn du Hilfe benötigst, lege ihn neben deinem Lager auf den Boden.

»Vielen Dank«, sagte Mansaar und verbeugte sich vor den Wächterlingen.

Er legte im Gegenzug noch ein paar der Datteln auf den Weg, mit welchen die Wächterlinge sofort zwischen den Büschen verschwanden. Nachdem er die Reste seines Abendessens weggeräumt hatte, legte er sich unter seine Decken und schaute zum sternenklaren Himmel hinauf.

Dieser Tag war wiederum so ganz anders verlaufen, als Mansaar es erwartet hatte. Sicherlich würde er noch lange Zeit an ihn zurückdenken, denn die Lektion, die er von diesen kleinen Wesen gelernt hatte, war ein wichtiger Schlüssel zu der Erkenntnis seiner selbst: Ein Großteil des eigenen Wesens entsteht aus den Werten anderer Menschen. Man übernimmt sie unbewusst, und sie werden zu einem Teil von uns. Man muss sich dessen nur klar sein, damit man sich willentlich von diesen fremden Werten lösen und den ganz persönlichen Lebensweg einschlagen kann.

Mit einem Schlag traf ihn die Erkenntnis, dass er viele Jahre seines Lebens nach dem Muster anderer gelebt hatte. Sie hatten ihn beeinflusst und er hatte diesen Einfluss akzeptiert, ohne sich Gedanken über seine individuellen Wünsche und Werte zu machen. Nun hatte er das Gefühl, dadurch sehr viel Zeit und Kraft in etwas investiert zu haben, das er im Grunde seines Herzens gar nicht gewollt hatte.

Mansaar spürte, wie die Traurigkeit wieder von ihm Besitz ergriff und ihm Tränen in die Augen stiegen. Sein erster unbewusster Impuls war, die Tränen zu unterdrücken, doch als er dies erkannte, ließ er seinen Gefühlen freien Lauf.

Und was er nie geglaubt hätte, geschah: Je mehr Tränen seine Wangen befeuchteten, desto leichter und freier fühlte er sich.

Ein Gefühl, das er lange Zeit nicht mehr gespürt hatte.

Lektion 9

Vertrauen

Am nächsten Tag wusste Mansaar nicht, warum er den Weg an dieser Stelle eigentlich verlassen wollte, doch er spürte, dass es die richtige Entscheidung war. Da er keine Ahnung hatte, wo er den Seelenspiegel finden konnte, war ein Weg genauso gut wie der andere.

Nachdem er ein karges Morgenmahl zu sich genommen und seine Sachen in den Reisesack gepackt hatte, ging Mansaar zu der Lücke im Gebüsch, an der er gestern versucht hatte, den Weg zu verlassen und durch die Einflüsterungen der Wächterlinge aufgehalten wurde.

Insgeheim rechnete er wieder damit, die Stimme in seinem Kopf zu hören, die ihn überzeugen wollte, auf dem Hauptweg zu bleiben, doch die Wächterlinge hielten Wort und ließen ihn ohne Beeinflussung den Weg verlassen.

Mansaar zwängte sich durch das dichte, mannshohe Gebüsch am Wegesrand und folgte dem kaum sichtbaren Verlauf des abzweigenden Pfades. Doch bereits nach wenigen Schritten wurde dieser breiter und leichter zu begehen.

Der Wegesrand war so dicht mit hohen Sträuchern bewachsen, dass er nicht hindurchsehen konnte und das Gefühl hatte, durch eine enge Gasse zu gehen.

Im Laufe seiner Wanderung entdeckte er weitere fast zugewachsene Pfade, die von diesem breiteren Weg wegführten. Kurze Zeit später kam Mansaar an eine Abzweigung und musste sich zwischen zwei Richtungen entscheiden. Er wählte den linken Pfad und folgte ihm eine Weile, bis er wieder auf eine Weggabelung mit drei Möglichkeiten stieß und sich für eine Richtung entscheiden musste. So ging es den größten Teil des Tages weiter. Der Pfad machte Wendungen und änderte die Richtung, und Mansaar verlor das Gefühl dafür, wohin er gehen sollte.

Am Ende des Tages bog er um eine Ecke und stand vor einer geschlossenen Wand aus trockenen Sträuchern. Mansaar drehte sich auf der Suche nach einer versteckten Abzweigung mehrfach um die eigene Achse, doch ohne Erfolg. Dies war eine Sackgasse. Da es zwischen den trockenen und teilweise dornenbewehrten Büschen kein Durchkommen gab, musste der junge Händler wohl oder übel umkehren und bis zur letzten Abzweigung zurücklaufen.

Mansaar entschloss sich, an dieser Stelle zu rasten und erst am nächsten Morgen zurückzugehen.

Als er gegessen hatte, saß er an dem fast heruntergebrannten Feuer und grübelte über den Verlauf des Pfades nach. Seit er den Hauptweg verlassen hatte, war der Pfad nicht – wie in den Tagen zuvor – einer groben Richtung gefolgt, sondern hatte oftmals abrupte Biegungen und Kurven gemacht. Irgendetwas kam ihm daran fremdartig und gleichzeitig vertraut vor. Plötzlich fiel es ihm ein: Sein Vater hatte ihn als kleinen Jungen ab und zu in ein ganz besonderes Haus in der Stadt mitgenommen. Es gab darin keine Räume, sondern nur Gänge, die sich in regelmäßigen Abständen aufteilten, verzweigten und manchmal auch unerwartet endeten. Die Herausforderung war es, den Weg vom Eingang bis zum Garten selbst zu finden, denn das Haus war ein einziges Labyrinth.

Und auch jetzt steckte er in einem Labyrinth!

Als Mansaar anhand der Länge und Vielzahl der bisherigen Pfade und Abzweigungen die Größe dieses Labyrinths erahnte, musste er schlucken. Es war gigantisch. Da er nicht wusste, ob er sich am Anfang, in der Mitte oder bereits in der Nähe des Ausgangs befand, musste er davon ausgehen, sich schlimmstenfalls im Zentrum zu befinden. Er konnte auch nicht umdrehen und zum Ausgangspunkt zurückgehen, da er sich die von ihm gewählten Abzweigungen, die er gegangen war, nicht gemerkt hatte.

Er hatte in dem Labyrinth-Haus gelernt, dass man entweder immer an der linken oder rechten Wand entlanggehen musste, um irgendwann hinauszufinden. Doch hier war er nicht von Anfang an einer Seite des Labyrinths gefolgt, sondern nach Gutdünken einmal links und das andere Mal rechts abgebogen. Es konnte also durchaus sein, dass er sich innerhalb des Labyrinths an einer sogenannten Insel befand, die keine Verbindung zu Ein- oder Ausgang hatte. Folgte er der Wand einer solchen Insel, würde er immer im Kreis gehen und den Ausgang niemals finden. Dazu kam noch der Umstand, dass er hier in der Wüste nicht beliebig viel Zeit zur Verfügung hatte. Mansaar war bereits einen vollen Tag in diesem Irrgarten unterwegs gewesen, und seine Wasservorräte gingen zur Neige. Wenn er sich einschränkte, würden sie noch etwas länger als einen Tag reichen, doch dann steckte er in der Klemme. Er hatte also noch etwa zwei Tage, um den Ausgang zu finden.

Obwohl ihm diese Situation ein ungutes Gefühl bereitete, schaffte er es, ruhig zu bleiben, denn Mansaar war bewusst, dass Panik nichts an seiner Lage ändern würde. Also fasste er den Entschluss, ab jetzt an der rechten Wand des Labyrinths entlangzugehen und auf einen Ausgang zu hoffen, den er in den nächsten zwei Tagen erreichen konnte.

Am nächsten Tag frühstückte er wenig und trank nur einen kleinen Schluck Wasser, bevor er sich wieder auf den Weg machte. Wie beschlossen wandte sich Mansaar an jeder Abzweigung oder Gabelung nach rechts.

So endete der zweite Tag, ohne dass Mansaar eine Möglichkeit entdeckt hätte, wie er diesem Irrgarten entkommen könnte, denn die Hecken waren so dicht und hoch, dass es unmöglich war, sich einen Überblick zu verschaffen oder durch sie hindurch zu schlüpfen.

Unter seinen Decken liegend beobachtete Mansaar den Sternenhimmel. Er hatte nur noch einen zur Hälfte gefüllten Wasserschlauch, dann saß er auf dem Trockenen. Er musste am nächsten Tag einen Ausgang finden, sonst würde er hier in der Wüste elend verdursten.

Als er so zwischen den Büschen auf seinen Decken lag, spürte Mansaar, wie das bekannte Gefühl der

Verzweiflung wiederkehrte. Sollte hier das Ende seiner Reise sein? Er hatte sich so viel von seiner Suche nach dem Seelenspiegel versprochen, doch trotz vieler Tage der Wanderung nagte das Gefühl an ihm, seinem Ziel noch nicht wirklich näher gekommen zu sein. Warum nur war es so beschwerlich?

Unbemerkt von Mansaar erhob sich ein leichter Wind, der in die Blätter und Äste der Büsche ringsum fuhr und sie zu einem Flüstern verleitete, das Mansaar seltsam vertraut vorkam. Er fühlte sich an den Tag nach dem Sturm zurückversetzt, als er allein im Wald aufgewacht war und Tanzil im Rauschen des Windes zu ihm gesprochen hatte. Und als Mansaar dieses Mal die leise Stimme Tanzils vernahm, war er nicht mehr so überrascht wie damals.

… Hilfe anzunehmen erfordert mehr Selbstsicherheit, als sie abzulehnen … Hilfe zu erbitten erfordert zusätzlich ein deutliches Maß an innerer Stärke und Klugheit … Du musst stark und klug sein, wenn du diese Herausforderung meistern möchtest … Nutze die Möglichkeiten, die du hast, weise …

Der Wind legte sich ebenso plötzlich, wie er gekommen war, und wieder zweifelte Mansaar keinen Augenblick daran, dass es wirklich Tanzil gewesen war, der da gerade zu ihm gesprochen hatte.

Er dachte über die Worte Tanzils nach, obwohl er sie sofort verstanden hatte: Wollte Mansaar das Labyrinth überleben, benötigte er Hilfe. Obwohl sich bei dem Gedanken, jemand anderen um Unterstützung zu bitten, sein Stolz regte, sagte ihm sein Verstand, dass es wohl unvermeidbar war, wollte er den Irrgarten lebend verlassen.

Doch wen sollte er um Hilfe bitten?

Tanzil schied aus, denn sonst hätte er ihm gleich geholfen und nicht erst einen Vortrag gehalten. Ujala hätte wohl die Macht und auch das Mitgefühl, ihm aus seiner misslichen Lage zu helfen, doch er war weit entfernt von der Weißen Wüste und bezweifelte, dass sie überhaupt von seiner Notlage wusste. Dann fiel ihm der Botenstab wieder ein, der sich in seinem Reisesack befand und von dem die Wächterlinge meinten, er würde ihm Rettung bringen.

Er war skeptisch, ob ihm der Stab in seiner Situation wirklich helfen konnte, zudem regte sich in seinem Inneren erneut ein Widerstand, irgendjemand um Hilfe zu bitten. Er kannte dieses Gefühl seit seiner Kindheit: Von anderen Menschen Hilfe anzunehmen oder sie gar darum zu ersuchen war ein Zeichen der Schwäche. Zumindest war dies die Meinung seiner Eltern und wahrscheinlich auch der meisten seiner Freunde.

Und da Mansaar immer noch diesen Stolz in sich trug und der Meinung war, er würde allein einen Weg aus dieser misslichen Lage finden, schob er den Gedanken an den Botenstab beiseite.

In der darauffolgenden Nacht schlief er sehr unruhig, denn der Wassermangel machte sich bemerkbar. Dementsprechend müde war der junge Händler am nächsten Morgen und er musste sich zwingen, sich der Struktur des Labyrinths unterzuordnen. So folgte er weiterhin der rechten Wand des Irrgartens. Bei jeder Biegung stieg seine Hoffnung, endlich den Ausgang zu erblicken, schier ins Unermessliche, nur um danach wieder ins Bodenlose zu fallen, wenn er sich einer weiteren Sackgasse oder einem weiteren Gang gegenübersah.

Obwohl er sich die spärlichen Reste seines Wasservorrats stark rationiert hatte, war der Schlauch am Mittag leer. Den Rest des Tages stolperte Mansaar mehr durch die Gänge des Labyrinths, als er ging. Gegen Abend war er so schwach, dass er sich kein Abendessen zubereitete, sondern sich an Ort und Stelle hinlegte und sofort einschlief.

Nach ein paar Stunden erwachte er erschöpft und frierend, denn die Nächte in der Wüste waren kalt. Mansaar öffnete mit klammen Fingern den Reisesack und zog mühsam seine Decken hervor. Dabei fiel etwas aus dem Sack neben ihn auf den Boden. Mansaar langte im Dunkeln danach und konnte die Umrisse des Botenstabs ertasten.

Nach dem dritten Tag im Labyrinth und ohne einen Tropfen Wasser hatte ihn die Hoffnung so gut wie verlassen, den Ausgang zu finden, bevor er verdurstete. Was sollte so ein komischer Zweig daran ändern? Ohne wirkliche Hoffnung rammte er mit seinen letzten Kraftreserven den dürren Ast in den Boden und deckte sich zu.

Die Erschöpfung breitete den gnädigen Schleier des Schlafes schnell über Mansaar aus, sodass er nicht bemerkte, wie sich nach einiger Zeit ein dünnes Wesen aus den Sträuchern löste. Es war kaum von den dürren Ästen der Büsche ringsum zu unterscheiden, bewegte sich geräuschlos auf den geflochtenen Zweig zu und musterte ihn aufmerksam. Nach wenigen Augenblicken schien es genug gesehen zu haben, denn es entfernte sich ebenso geräuschlos von Mansaars Lagerplatz, wie es sich ihm genähert hatte.

Der nächste Morgen begann für Mansaar wie in Trance. Er sah den Botenstab, der neben seinem Lager in der Erde steckte, doch wie befürchtet fand er keinen gefüllten Wasserschlauch und auch keinen Hinweis auf einen Ausgang daneben. Mutlos ließ er die Schultern sinken. Wie hatte er auch erwarten können, dass die Wächterlinge ihm in seiner Situation helfen konnten?

Durch den Wassermangel geschwächt, war er nicht in der Lage, auch nur einen Bissen zu essen. So packte er mühsam seine Sachen in den Reisesack und taumelte weiter durch das Labyrinth, von dem er inzwischen überzeugt war, dass es sein Grab werden würde.

Er stolperte apathisch durch einen Gang und erreichte nach wenigen Schritten – zumindest kam ihm das so vor – die erste Gabelung. Wie bisher wollte er sich dem rechten Gang zuwenden, als ihm plötzlich ein Gedanke durch den Kopf schoss.

Ich glaube, ich sollte hier links statt rechts gehen. Rechts hat mir bisher kein Glück gebracht.

Ohne groß über die möglichen Konsequenzen nachzudenken, die durch die Änderung seines ursprünglich gefassten Plans entstehen konnten, bog Mansaar in den linken Gang.

Er trottete kraftlos weiter, bis er irgendwann an auffallend grünen Sträuchern vorbeikam. Sie wuchsen dichter und höher als das andere Gebüsch, hätten aber seine ermattete Aufmerksamkeit nicht erregt, wenn Mansaar nicht gleichzeitig den Wunsch verspürt hätte, hier Rast zu machen.

Hier möchte ich im Schatten dieser schönen grünen Büsche Rast machen.

Also setzte er sich auf einen großen Stein, der am Rande des Pfades lag, und ruhte sich etwas aus. Doch es dauerte nicht lange, und er begann sich zu wundern, warum gerade hier die Pflanzen üppiger wuchsen als anderswo im Irrgarten.

Die Büsche sind wahrscheinlich grüner, weil es hier mehr Feuchtigkeit gibt als im übrigen Labyrinth.

Doch was nützte ihm diese Erkenntnis? Er hatte schließlich keine Wurzeln, die sich tief ins Erdreich graben konnten und an das versteckte Nass herankamen.

Vielleicht ist es gar nicht nötig, so tief zu graben? Ich könnte ja mal unter den Stein schauen, auf dem ich sitze.

Und so stand er auf und versuchte mit aller ihm noch verbliebenen Kraft, den großen Stein, auf dem er sich ausgeruht hatte, zu bewegen. Es gelang ihm schließlich, ihn aufrecht zu stellen und zur Seite umfallen zu lassen.

Kaum hatte sich der Staub etwas verzogen, konnte er unter der Stelle, auf der der Stein gelegen hatte, eine schmale Rinne im darunterliegenden Felsen erkennen, in der sich etwas bewegte. Und nun – als wäre er zuvor mit Taubheit geschlagen gewesen – nahm er auch noch ein Geräusch wahr, welches seine letzten Kraftreserven mobilisierte: das leise Plätschern von Wasser.

Mansaar traute seinen Sinnen und seinem Verstand nicht. Direkt vor ihm zog sich eine schmale Rinne durch den Felsen, in der das Wasser aus einer irgendwo oberhalb liegenden Quelle floss. Mansaar warf sich zu Boden und schöpfte mit einer Hand das kostbare Nass aus der Rinne. Er trank aus der hohlen Hand, bis der schlimmste Durst vorbei war, denn er wusste, dass er in seinem Zustand nicht zu viel auf einmal zu sich nehmen durfte.

Er rollte sich auf den Rücken und atmete tief durch. Er spürte regelrecht, wie sich das Wasser in seinem Körper ausbreitete und die Schwere aus seinen Muskeln vertrieb. Nach einiger Zeit wälzte er sich erneut auf den Bauch und nahm noch ein paar Schlucke von der kühlen Flüssigkeit. Daraufhin füllte er seine Wasserschläuche und verstaute sie wieder in seinem Reisesack.

Nachdem Mansaars Körper und Verstand wieder einigermaßen funktionierten, wunderte er sich über sein Glück. Konnte es wirklich sein, dass er zufällig genau an der Stelle gerastet hatte, an der weit und breit die einzige Wasserquelle zu finden war? Und dann hatte er auch noch aus einer Laune heraus den Stein angehoben, unter dem diese Quelle dahinplätscherte? So viele Zufälle waren sehr unwahrscheinlich, und doch hatte er sich nur nach seinen eigenen Wünschen und Gedanken gerichtet. Oder etwa nicht? Plötzlich kam ihm eine Idee, die eine so einfache Erklärung für seine »zufällige« Rettung bot, dass er beinahe laut aufgelacht hätte.

Sollten ihn die Wächterlinge mit ihren Einflüsterungen zu der Quelle geführt haben? War der Botenstab doch mehr als nur ein schöner geflochtener Ast?

Mansaar sah sich durch halb geschlossene Augenlider in seiner Umgebung um, in der Hoffnung, ein Anzeichen der kleinen Wesen zu entdecken, doch außer Sträucher und Buschwerk konnte er nichts erspähen. Er hatte auch nicht wirklich damit gerechnet, selbst wenn die Wächterlinge seine Entscheidungen beeinflusst hatten.

Mansaar rastete noch eine Weile, nahm ein einfaches Mittagsmahl ein und trank mehrmals von der Quelle. Als er das Gefühl hatte, dass sein Körper wieder einigermaßen zu Kräften gekommen war, nahm er einen letzten Schluck aus dem frischen Rinnsal, deckte es wieder mit dem großen Stein zu, schulterte seinen Reisesack und wollte gerade wieder aufbrechen. Doch in welche Richtung? Da er seine Strategie, immer rechts an der Wand des Labyrinths zu gehen, aufgegeben hatte, war es egal, welchen Weg er nahm. Sollten wirklich die Wächterlinge Einfluss auf seine Entscheidungen genommen haben, bestand die Möglichkeit, dass sie dies weiterhin tun würden. Andernfalls war er auf sich allein gestellt. Letztendlich konnte er in beiden Fällen nur hoffen, also lief er einfach los. Er beschloss jedoch, kurz vor jeder neuen Abzweigung willkürlich eine Richtung festzulegen, in die er gehen würde. So konnte er einen eventuellen Einfluss der Wächterlinge prüfen, denn wenn er sich richtig erinnerte, kamen ihm die Gedanken, die er den Wächterlingen zuschrieb, unmittelbar bevor er eine bestimmte Richtung einschlug.

Nicht lange darauf sah er schon von Weitem eine Gabelung und entschied sich, den rechten Weg zu nehmen. Je näher er der Stelle kam, desto aufgeregter wurde Mansaar. Doch nichts passierte, als er sich nach rechts wandte und in den entsprechenden Gang des Irrgartens einbog. Etwas enttäuscht ging er weiter. Er wusste nicht, ob er sich die Sache mit den Wächterlingen nur eingebildet oder ob er zufällig den richtigen Pfad eingeschlagen hatte und die scheuen Wesen deshalb nicht reagierten.

Kurz vor Mittag näherte er sich wieder einer Abzweigung und entschied sich diesmal für den linken Pfad, doch auch dieses Mal passierte nichts.

Frustriert folgte er dem Gang. Anscheinend waren die Einflüsterungen der Wächterlinge doch nur Wunschdenken gewesen, denn dass er zweimal zufällig den richtigen Weg eingeschlagen hatte, war sehr unwahrscheinlich. Also war er doch allein auf sein Glück und die richtige Auswahl der Wege angewiesen.

So trottete Mansaar niedergeschlagen bis zur nächsten Gabelung weiter und wählte dort ohne nachzudenken den linken Gang. Die Hoffnung, einen Ausgang zu finden, hatte er längst aufgegeben.

Ich hatte doch bei der letzten Abzweigung bereits den linken Gang gewählt. Vielleicht sollte ich dieses Mal wieder den rechten nehmen.

Mansaar blieb wie vom Donner gerührt stehen. Waren das wirklich seine Gedanken? Sie hatten sich so echt angefühlt, dass er an seinem Verstand zweifelte. Er entschloss sich, der Sache auf den Grund zu gehen, und tat so, als wollte er nach wie vor den linken Gang weitergehen.

Die linke Abzweigung führt bestimmt tiefer in das Labyrinth. Ich sollte doch besser die rechte nehmen.

Nun war sich Mansaar sicher: Dies waren nicht seine Gedanken, auch wenn sie ihm sehr vertraut vorkamen. Daher tat er so, als hätte er seine Meinung geändert, und schwenkte in den rechten Gang ein.

So ging es den ganzen Tag. Näherte sich Mansaar einer Gabelung, verlangsamte er seinen Schritt und wählte willkürlich einen Pfad aus. Manchmal wurde seine Entscheidung bestätigt, oftmals tauchten aber Gedanken in seinem Kopf auf, die ihn dazu anregten, seine Wahl zu überdenken, was er dann auch tat.

Spät am Nachmittag, als sich die Sonne bereits dem Horizont näherte, endete der Gang plötzlich in einer Sackgasse. Mansaar wunderte sich, denn bisher hatte ihn die Stimme in seinem Kopf noch nicht in die Irre geführt.

Das sieht auf der rechten Seite zwar aus wie dichtes Buschwerk, dennoch sollte ich nachsehen, ob es nicht irgendwo einen Durchgang gibt, den ich nicht auf Anhieb erkenne.

Mansaar musste sich ein Lächeln verkneifen. Diese Einflüsterungen waren so subtil, dass er niemals Verdacht geschöpft hätte, wenn er nicht von der Existenz der Wächterlinge gewusst hätte.

Also untersuchte Mansaar die scheinbar undurchdringliche Hecke systematisch auf mögliche Durchgänge, indem er die ineinander verschlungenen Äste auseinanderdrückte und dahinter nach jedem noch so kleinen Durchschlupf Ausschau hielt. In der ersten Ecke entdeckte er, was er gesucht hatte: Hinter dem Buschwerk konnte er einen scheinbar etwas weniger dicht bewachsenen Bereich ausmachen. Er zog sich die Kapuze seines Umhanges vor das Gesicht und zwängte sich durch das harte, trockene Geäst.

Zuerst kam es ihm so vor, als ob er versuchte, sich durch eine massive Mauer zu quetschen, doch kaum hatte er die äußere Schicht durchdrungen, ging es plötzlich leichter. Der enge Durchlass, in dem er sich befand, öffnete sich, wurde breiter und bereits nach wenigen Schritten konnte Mansaar durch die Äste und Blätter die freie Fläche erkennen, die sich dahinter erstreckte.

Ein paar weitere Schritte, und urplötzlich hatte er das Labyrinth verlassen.

Nach den körperlichen und mentalen Strapazen der letzten Tage ging das nun so schnell, dass es Mansaar zuerst nicht glauben konnte. Doch vor ihm erstreckte sich eine Graslandschaft, die nur locker mit Buschwerk durchsetzt war. In der Ferne konnte er die Ausläufer des Schattengebirges wahrnehmen.

Mansaar ging ein paar Schritte weiter und drehte sich zu dem Labyrinth um, das von außen lediglich wie eine dichte Hecke aussah. Doch er wusste, dass seine Reise dort um Haaresbreite ihr Ende gefunden hätte. Und er wusste, wem er seine Rettung zu verdanken hatte.

»Ihr Wächter des Weges, danke für eure Hilfe!«, rief er in Richtung der Hecke, ohne jedoch mit einer Antwort zu rechnen. Umso erstaunter war er, als er eine Stimme in seinem Kopf wahrnahm.

Wir haben dir gern geholfen, denn du bist ein Freund der Wächter des Weges. Viel Glück auf deiner weiteren Reise.

»Danke. Ich werde euch nie vergessen«, antwortete er erfreut.

Er stand noch eine Weile gedankenversunken vor dem Labyrinth und blickte auf die Stelle, an der er es verlassen hatte, als ihm unvermittelt klar wurde, dass er wieder eine neue Lektion gelernt hatte: Vertrauen.

Manchmal kann es lebenswichtig sein, dass man anderen vertraut, auch wenn man eine eigene, abweichende Ansicht hat. Mit Stolz und Trotz auf seiner Meinung zu bestehen kann gravierende Folgen haben.

Einen eigenen Weg zu gehen kann verlockend sein, die Weisheit und Erfahrung anderer anzunehmen und sie in die eigene Entscheidung einfließen zu lassen, zeugt hingegen von Stärke und macht den eigenen Weg erfolgreicher.

Die Schwierigkeit des Lebens ist es, das richtige Maß zwischen beidem zu finden.

Dankbarkeit

Mansaar beschloss, an Ort und Stelle zu übernachten, denn er war sehr erschöpft nach den Anstrengungen der letzten Tage. Zudem bezweifelte er, dass er einen besseren Platz für ein Nachtlager finden würde.

Sein Abendessen bestand wie üblich aus einem Bohneneintopf mit getrockneten Früchten. Vor wenigen Wochen hätte er es nicht für möglich gehalten, den Luxus eines opulenten Essens in keinster Weise zu vermissen. Mansaar fühlte sich durch das karge Leben auf seiner Reise irgendwie geerdet. Er konnte sich augenblicklich auch nichts Erholsameres vorstellen als ein Bett unter freiem Himmel. Selbst auf den Aufbau des Zeltes verzichtete er, da es sich wie eine Grenze zwischen ihm und dem Leben anfühlte.

Die Gewissheit, dem Labyrinth entkommen zu sein, ließ Mansaar tief und fest schlafen. Lediglich der Umstand, dass seine Lebensmittelvorräte langsam zur Neige gingen, machte ihm Sorgen, doch er war überzeugt, dass er sich von dem, was in der freien Natur vorhanden war, ernähren konnte.

Am nächsten Tag packte er nach einem kurzen Frühstück seine wenigen Habseligkeiten in den Reisesack und folgte nach einem letzten Blick auf die Außenhecke des Labyrinths dem Weg durch das Grasland. Mansaar hatte gehofft, noch einen letzten Blick auf die Wächterlinge werfen zu können, doch sie ließen sich nicht blicken.

Der Pfad führte ihn in Richtung des Schattengebirges, welches Mansaar seinen Schätzungen zufolge innerhalb eines Tages erreichen müsste.

Während seines Marsches sammelte Mansaar Beeren von den Büschen und grub ab und an eine essbare Wurzel aus, die er neben seinem Weg entdeckte. So sorgte er für eine willkommene Abwechslung auf seinem bescheidenen Speisezettel.

Am zweiten Tag nach dem Verlassen des Irrgartens erreichte Mansaar den Fuß des Schattengebirges. Der Pfad, dem er folgte, wand sich in immer engeren Serpentinen die steiler werdenden Hänge hinauf. Gegen Abend fand er eine geschützte Senke, in der er ohne Zelt übernachten konnte. Noch befand er sich nicht in so großer Höhe, dass die Nächte zu kalt waren, um ohne Zelt zu schlafen.

Während er seine Wasserschläuche nun an Quellen auffüllen konnte, die in regelmäßigen Abständen aus den Felswänden sprudelten, entdeckte er kaum noch essbare Pflanzen, die er sammeln konnte. So ging sein Proviant immer weiter zur Neige.

Mansaar hatte erwartet, dass ihn das Gehen im Gebirge sehr anstrengen würde, doch erstaunlicherweise hielt er sich trotz seiner spärlichen Verpflegung sehr gut. Anscheinend hatten die Entbehrungen der vergangenen

Wochen durchaus positive Auswirkungen auf seine körperliche Verfassung gehabt.

Er fühlte sich wohl.

Im Laufe des Tages machten sich Bedenken in ihm breit, ob er in dem steilen Gelände einen Platz für sein Nachtlager finden würde, doch am späten Nachmittag erreichte er ein kleines, von schroffen Felsen umschlossenes Plateau, das etwa ein Dutzend Schritte breit und tief war. Der Pfad, dem er bis hierher gefolgt war, zwängte sich auf der gegenüberliegenden Seite des Plateaus zwischen zwei Felsen und verschwand. Mansaar entschied, hier sein Nachtlager aufzuschlagen und erst am nächsten Tag dem Pfad zwischen die Felsen zu folgen.

Nachdem er sein kärgliches Essen zubereitet hatte, saß er mit seiner Holzschüssel am Rande des Plateaus, aß Bohnen mit Feigen und betrachtete den fernen Sonnenuntergang. Von hier oben konnte Mansaar fast seinen gesamten bisherigen Weg überblicken. Unter ihm lag das Grasland, das in etwa einer Tagesreise Entfernung an das Labyrinth anschloss. Erst von hier oben konnte Mansaar erkennen, wie groß der Irrgarten war und wie viel Glück er gehabt hatte, ihm entkommen zu sein. Er reichte zu seiner Linken bis weit zum Horizont. Richtung Sonnenuntergang konnte er gerade noch die Flusslande ausmachen, die das Labyrinth zu seiner Rechten begrenzten. Er bildete sich sogar ein, die Umrisse der Stadt zu sehen.

Doch seltsamerweise verspürte er bei diesem Gedanken kein Verlangen, dorthin zurückzukehren. Lediglich seine Frau und die Kinder vermisste er aus tiefster Seele.

Wären die drei nun bei ihm gewesen, es hätte nicht schöner sein können.

Hier auf diesem Plateau war er das erste Mal seit Langem zufrieden. Trotz der Anstrengungen und der Entbehrungen fühlte sich Mansaar wohl. Er vermisste weder die Annehmlichkeiten seines Hauses, sei es das üppige Essen oder die weichen Betten, noch wünschte er sich, mit seinen Freunden im Soukh zu sitzen und bei einem heißen Tee über die geschäftlichen Erfolge des Tages zu sprechen.

Er stellte fest, dass er, obwohl er hier allein saß, sich nicht so einsam fühlte wie an vielen Abenden im Soukh zwischen den flanierenden Menschenmassen. Die Anspannung der letzten Jahre war wie weggeblasen, stattdessen nahm er eine tiefe Ausgeglichenheit in sich wahr.

Mansaar hoffte, dass er diese Ausgeglichenheit in sein altes Leben mitnehmen konnte. Dies würde allerdings mehrere Veränderungen mit sich bringen. Vielleicht konnte seine Frau auch von seinen Erfahrungen profitieren? Vielleicht konnten sie gemeinsam noch einen Teil ihrer Wünsche und Ziele erfüllen, von denen sie lange geträumt und die sie viele Jahre zurückgestellt hatten?

Die letzten Wochen seiner Reise waren sehr anstrengend für ihn gewesen, doch er hatte während dieser Zeit kein einziges Mal an irgendwelche vergangenen Dinge oder neuen Zukunftspläne gedacht.

Er war vollkommen bei sich selbst im Hier und Jetzt. Es gab keinen wichtigeren Augenblick als den aktuellen. Die meisten Menschen verbrachten einen Großteil ihrer Zeit damit, über ihre Zukunft oder Vergangenheit nachzudenken, über mögliche und verpasste Chancen. Doch den einzigen Augenblick, in dem man lebte, nämlich den gegenwärtigen Augenblick, den ließen sie dadurch ungenutzt verstreichen und warteten stattdessen darauf, dass das Leben irgendwann später begann. Mansaar verstand, dass viele Zukunftspläne unnötig sind, da man seine Energie auf Dinge verschwendet, die meist nie eintreffen werden, und das wahre Leben, welches jetzt gerade stattfindet, nicht lebt.

Mansaar betrachtete das Land unter sich und war zufrieden. Vielen Menschen war Zufriedenheit jedoch zu wenig. Sie jagten einem imaginären Glück nach, suchten es überall, nur nicht dort, wo sie gerade waren. Immer fehlte etwas zu diesem Glück, daher würden sie es nie erreichen. Doch Mansaar war die Zufriedenheit lieber, die er in sich spürte, als ein Glück, das er nie erreichen würde. Und: Gab es etwas Wichtigeres, als Seelenfrieden zu spüren?

Und noch etwas spürte Mansaar, da er sich seiner Zufriedenheit bewusst wurde: Dankbarkeit. Es war keine überschwängliche Dankbarkeit, die genauso schnell ging, wie sie kam, sondern eine tief empfundene Dankbarkeit, wie sie nur durch langsames Wachstum aus dem Innersten entstehen konnte. Er war dankbar für die Erfahrungen, die er hatte machen dürfen, auch wenn viele Menschen diese eher als Schicksalsschläge empfunden hätten. Er war dankbar für die Zeit, die er unterwegs damit verbringen durfte, sich auf das Wesentlichste zu konzentrieren: auf sich selbst, seine wirklichen Wünsche und Werte.

Mit den letzten Strahlen der untergehenden Sonne auf dem Gesicht spürte er wieder, dass er lebte!

Das Haus der Spiegel

Am nächsten Morgen führte Mansaar die Übung der inneren Einkehr durch und machte sich danach auf, dem schmalen Pfad zwischen die Felsen zu folgen. Er führte auf dem Grund eines Felsspalts entlang, daher schien von oben etwas Sonnenlicht hinunter. Mansaar hatte sich nach einem kurzen Augenblick an das dämmrige Licht gewöhnt, so konnte er schemenhafte Umrisse erkennen.

Der Pfad war schmal, doch gut begehbar. Bereits nach wenigen Dutzend Schritten erkannte er vor sich einen Lichtschimmer, der von Augenblick zu Augenblick heller wurde. Offensichtlich durchschnitt der Pfad hier lediglich eine schmale Felswand. Langsam erweiterte sich der Gang, bis Mansaar unvermittelt im Freien stand.

Wieder benötigte er einen Moment, bis sich seine Augen an das helle Licht angepasst hatten, doch als er seine Umgebung wieder deutlich wahrnehmen konnte, blieb ihm der Mund vor Staunen offen stehen. An der Stelle, wo sich der Pfad aus dem Felsen befreite, erweiterte er sich zu einem weiten Kessel, der mit saftig grünem Gras bewachsen war und in dem vereinzelte Bäume lichten Schatten spendeten.

Am verblüffendsten war jedoch ein Haus, das in einiger Entfernung in der Mitte des Kessels stand und zu dem der Pfad offensichtlich hinführte. Je näher ihm Mansaar kam, desto mehr Einzelheiten konnte er wahrnehmen. So erkannte er auf der Hälfte des Weges, dass es sich um kein normales Haus handelte, denn es war zu allen Seiten hin offen. Im Grunde genommen hatte er lediglich ein Dach vor sich, welches durch etwa ein Dutzend von verschiedensten Pflanzen umrankte Säulen getragen wurde. Diese Pflanzen hatten zwischen den Säulen fast blickdichte Wände gebildet, sodass das Bauwerk aus der Entfernung wie ein Haus mit massiven Wänden wirkte, obwohl es sich eigentlich um einen Pavillon handelte.

Das Fundament, die Säulen und das Dach waren aus einem sehr hellen Stein gefertigt, der trotz des augenscheinlich hohen Alters des Gebäudes ohne Makel war. Der Pfad führte zu einer schmalen Treppe an der Seite des Pavillons, über die man ihn betreten konnte, da die Pflanzen hier einen Durchgang gebildet hatten.

Mansaar näherte sich vorsichtig dem Gebäude. Er war gespannt, was er darin vorfinden würde. Alle Flächen waren mit kleinen Symbolen verziert, die Mansaar nicht entziffern konnte und die dem Gebäude eine seltsame Aura verliehen.

Aus dem Pavillon drangen an verschiedenen Stellen Lichtreflexe, die wohl von der tief stehenden Sonne erzeugt wurden, die auf Gegenstände im Inneren des

Pavillons traf. Mansaars Spannung wuchs mit jedem Schritt, mit dem er sich dem luftigen Gebäude näherte.

Bereits kurz vor dem Eingang konnte er im Inneren mehrere Tische unterschiedlicher Höhe ausmachen, auf und neben denen sich verschiedene Gegenstände befanden.

Als Mansaar durch den Durchgang trat, erkannte er, dass es sich bei allen Gegenständen in dem Pavillon um Spiegel handelte: einfache Spiegel in hölzernen Rahmen, geschwungene Spiegel mit vergoldeten Fassungen, Spiegel mit kleinen Füßen, die auf den Tischen ruhten, Spiegel auf hohen Ständern, die vor den Säulen standen, Hängespiegel an den Säulen und viele andere mehr.

Mansaar war beeindruckt von der Vielzahl an Spiegeln. Bei diesem Anblick regte sich ein Verdacht in ihm: Sollte sich unter diesen Exemplaren etwa der von ihm gesuchte Seelenspiegel befinden?

Als er sich, das Dach des Pavillons über sich, umschaute, entdeckte er eine Inschrift, die sich in goldenen Buchstaben auf der Innenseite um den Sims des Daches zog:

> Willkommen Suchender –
> Mit Starkem Geist Wirst Du Sehen,
> Was Dein Verstand Gebietet –
> Mit Offenem Herzen Wirst Du Entdecken,
> Was Dein Leben Sich Wünscht

Mansaar war von dem Anblick der vielen Dutzend Spiegel so überwältigt, dass er über die Inschrift nicht weiter nachdachte. Er war überzeugt, dass dies das Ziel seiner Suche war. Hier würde er den Seelenspiegel finden, sofern er in der Lage war, ihn aus dieser Fülle herauszusuchen.

Da Mansaar keine Ahnung hatte, wie der Seelenspiegel aussah, musste er wohl oder übel darauf hoffen, ihn zu erkennen, wenn er ihn vor sich hatte.

Da der Seelenspiegel etwas Besonderes war, so nahm Mansaar an, würde er sich bestimmt von den normalen Spiegeln abheben. Also schaute er sich nach einem möglichst auffälligen Exemplar um. Fast sofort fiel ihm ein goldener Spiegel ins Auge, der an einer der Säulen angebracht war. Er hatte einen anmutig geschwungenen Rahmen und goldfarbene blinde Stellen, die durch die eigentliche Spiegelfläche hindurchschienen. Er war mit Sicherheit ein Meisterwerk von unschätzbarem Wert und stach aus den profanen Spiegeln des Pavillons heraus wie ein Pfau aus einer Gruppe Hühner.

Mansaar näherte sich vorsichtig dem Spiegel, als könnte dieser sich durch seine Annäherung erschrecken und verschwinden.

Hinter der Oberfläche nahm er ein nebliges Wabern wahr, aus dem sich immer deutlichere Umrisse herausbildeten, je näher Mansaar dem wertvollen Gegenstand kam. Er spürte, wie sein Herz vor Aufregung schneller schlug, als er sein eigenes Gesicht im Spiegel erblickte.

Doch irgendetwas war an diesem Anblick ungewohnt. Mansaar betrachtete sein Ebenbild aufmerksam, und sofort begriff er: Sein Gesicht war etwas fülliger und die Stoffe seines Umhangs und Turbans waren kostbarer, als er sie sonst üblicherweise trug. Mansaar hatte schon viel kostbares Tuch verkauft und konnte an der Art, wie es fiel, erkennen, dass es sich dabei um reinste Seide handelte, die zudem mit feinen Goldfäden durchwirkt war.

Dies verwirrte Mansaar, denn da er augenblicklich keine solchen Kleider trug und trotz seines Reichtums nie welche in dieser Qualität besessen hatte, konnte dieser Spiegel weder die Gegenwart noch die Vergangenheit zeigen. Da er auch seine gegenwärtige innerliche Verfassung nicht widerspiegelte, musste es sich dabei um ein Bild aus der Zukunft handeln.

Mansaar spürte deutlich, dass dies nicht der Seelenspiegel war.

Er ging daher zum nächsten Spiegel. Dieser hatte eine rötliche Metalleinfassung und stand auf einem Tisch neben der Säule. Als er hineinblickte, nahm Mansaar zuerst wieder nur neblige Schwaden wahr, die jedoch rasch feste Konturen ausbildeten. Nach einem Augenblick erschien wiederum sein Abbild in dem Spiegel, doch dieses Mal waren seine Gesichtszüge rau und die Augen hart. Als sich Mansaar etwas zurücklehnte, folgte sein Abbild im Spiegel dieser Bewegung, und so konnte er mehr von seinem Körper erkennen. Die Kleider, die er trug, waren einfach, aber nicht ärmlich. An der Seite trug er ein gekrümmtes Schwert, wie es die Krieger seines Volkes zu tun pflegten.

Auch dieses Spiegelbild stellte nicht den gegenwärtigen oder einen vergangenen Zeitpunkt dar, ebenso wenig seine augenblickliche innere Einstellung.

Mansaar nahm daher an, dass die Spiegel immer nur eines zeigten: eine mögliche Zukunft, in die sich sein Leben entwickeln konnte, aber nicht musste. Diese Annahme schien sich umso mehr zu bestätigen, in je mehr Spiegel er schaute: Ein fast blinder Spiegel in einem einfachen Holzrahmen zeigte ihn als Bettler im Staub einer Gasse. In einem langen, schmalen Spiegel mit einer feinen Einfassung aus geschnitztem Elfenbein nahm sich Mansaar umringt von mehreren Frauen wahr, die sich an ihn schmiegten und um seine Gunst zu werben schienen. Aus einem kleinen, quadratischen Spiegel mit einer Einrahmung aus hartem schwarzem Stein blickte ihm sein entstelltes, von Krankheiten gezeichnetes Gesicht entgegen. In manchen Spiegeln hatte er kurze, dunkle Haare, in anderen lange graue Locken, manchmal trug er einen gepflegten Bart, dann wieder war dieser dreckig und verfilzt.

Doch egal, in wie viele Spiegel er schaute, es waren nie Bilder aus seiner Vergangenheit oder der Gegenwart, und nie hatte er das Gefühl, das jeweilige Bild passte zu seiner Gemütsverfassung. Sollte der Seelenspiegel nicht das Innere des Betrachters zeigen? Es gab verlockende Darstellungen, die er noch vor wenigen Wochen angestrebt hätte, auf die er jetzt jedoch verzichten konnte. Dadurch wurde Mansaar bewusst, wie sehr ihn seine Erfahrungen auf der Suche nach dem Seelenspiegel innerlich verändert hatten.

Nachdem er sich alle Spiegel angesehen hatte, spürte er instinktiv, dass der Seelenspiegel nicht darunter war. Sollte er sich so getäuscht haben? Mansaar war sich so sicher gewesen, den Seelenspiegel hier zu finden.

Er stand mitten in dem offenen Raum und fragte sich, was er übersehen hatte, als sein Blick nochmals auf die Inschrift am Sims des Daches fiel:

Willkommen Suchender –
Mit Starkem Geist Wirst Du Sehen,
Was Dein Verstand Gebietet –
Mit Offenem Herzen Wirst Du Entdecken,
Was Dein Leben Sich Wünscht

Was hatte er in den Spiegeln gesehen? Mögliche Szenen seiner eigenen Zukunft. Doch es waren nicht nur irgendwelche willkürlichen Bilder gewesen. Plötzlich traf ihn die Erkenntnis, dass es allesamt Situationen waren, die er sich schon einmal vorgestellt hatte. Befürchtungen oder Wunschträume seine Zukunft betreffend. Angst vor Krankheiten, Hoffnungen auf Reichtum. Aber all diese Bilder stammten aus seinem Kopf, seinem Geist, seinem Verstand. Was, wenn er die Inschrift wörtlich zu nehmen hatte? Bisher hatten seine Augen nur Dinge gesehen, die bereits in seinem Kopf waren. Um den Seelenspiegel zu entdecken, musste er demnach mit dem Herzen sehen. Doch wie sollte er das anstellen?

Mansaar schloss die Augen und konzentrierte sich auf seine Atmung. Immer wieder versuchten sich Bilder in den Vordergrund zu drängen und seine Aufmerksamkeit abzulenken, doch er betrachtete sie nur kurz und kehrte zu seinem Atem zurück. Als er es mit dieser Methode geschafft hatte, sich von den Bildern zu lösen, die sein Verstand ihm zeigte, öffnete er wieder die

Augen, allerdings ohne sie auf einen Gegenstand zu fokussieren.

Und so entdeckte Mansaar etwas, das ihm zuvor verborgen geblieben war, da er sich bis dahin lediglich auf die Dinge innerhalb des Raumes konzentriert hatte.

Gegenüber dem Eingang konnte er durch eine Lücke der Pflanzenwand zwischen zwei Säulen einen dunkelblauen Schimmer erkennen. Zuerst wollte er ihm keine Beachtung schenken, da er sich außerhalb des Pavillons befand, doch dann fiel ihm ein, dass die Inschrift nirgends erwähnt hatte, dass man nur innerhalb des Gebäudes suchen sollte.

Mansaar verließ den Pavillon und wandte sich in die Richtung, in der er in einiger Entfernung das bläuliche Etwas entdeckt hatte. Nachdem er mehrere Buschreihen und Strauchinseln umrundet hatte, erkannte er, was seinen Blick angezogen hatte: Inmitten des schmalen Talkessels lag ein lang gestreckter See, der nur vom leicht erhöhten Pavillon aus zu sehen war. Als sich Mansaar dem grasbewachsenen Ufer näherte, bemerkte er, dass es sich nicht – wie so oft im Gebirge – um einen braunen Tümpel mit abgestandenem Regenwasser handelte, sondern um einen kristallklaren Bergsee. Er konnte jedes Detail auf seinem Grund erkennen.

Mansaar wurde von dem See fast magisch angezogen, obwohl er sich nicht erklären konnte, warum. Schließlich war er hier, um den Seelenspiegel zu finden, und nicht, um einen See zu bewundern. Doch Mansaar spürte, dass ihm der Anblick des Sees wohltat, als ob dieser eine tiefe, beruhigende Wirkung ausstrahlte. Daher gönnte er sich diese kurze Auszeit, um etwas Energie für seine weitere Suche zu sammeln. Er wandte sich nach rechts und folgte der leicht geschwungenen Uferlinie, an der vereinzelt niedrige Büsche und Schilfgürtel standen.

Nach einiger Zeit umrundete Mansaar eine größere Gruppe bunt blühender Büsche und erblickte vor sich zwei imposante Schilfinseln mit mehr als mannshohen Pflanzen, die wie die Pfosten eines nach oben offenen Tores den Blick auf den See freigaben. Dazwischen befand sich ein mehrere Schritte breiter Bereich, der frei von jeglichem Pflanzenbewuchs war. Instinktiv näherte sich Mansaar diesem Portal mit Respekt, denn er spürte, dass hier etwas Geheimnisvolles am Werk war.

Der Bereich zwischen den beiden Schilfinseln bestand aus blankem Fels, der ein Stück in das klare Wasser des Sees hineinragte. Aus mehreren Schritten Entfernung erkannte er in dem Steinboden eine regelmäßige, kreisrunde Form. Neugierig und fast magisch angezogen ging er darauf zu, den Blick fest auf das Gebilde im Boden gerichtet, als könnte sich alles in Luft auflösen, wenn er wegsah. Je näher er dem Uferbereich kam, desto stärker wurde die unerklärliche Aufregung in seinem Inneren. Als Mansaar den Fels erreichte und darauf hinabschaute, stieß er einen überraschten Laut aus und sank auf die Knie.

Er hatte den Seelenspiegel gefunden.

Der Seelenspiegel

Mansaar kniete vor einem kreisrunden Becken im Felsen, welches bis zum oberen Rand mit dem klaren Wasser des Sees gefüllt war. Es war in Form einer Halbkugel aus dem Untergrund herausgeschnitten, doch es ließen sich keine Bearbeitungsspuren erkennen. Während der umgebende Felsengrund sehr hell war, hatte das Becken eine nahezu schwarze Farbe. Daher konnte Mansaar trotz einer leichten Unruhe auf der Wasseroberfläche sein Antlitz fast so gut erkennen wie in einem richtigen Spiegel.

Überwältigt von seinen Gefühlen, das langersehnte Ziel erreicht zu haben, liefen Mansaar Tränen der Freude und Erleichterung die Wangen hinab, doch er wischte sie nicht weg, denn er schämte sich ihrer nicht länger. Da er den Kopf leicht geneigt hielt, schlich sich eine Träne davon und tropfte auf die Oberfläche des Wassers.

Mansaar konnte ihren Fall mit den Augen so deutlich folgen, als liefe die Zeit um ein Vielfaches langsamer ab. In dem Moment, als die Träne die Wasseroberfläche berührte, setzte eine wunderliche Verwandlung ein. Von dem Punkt, an dem sie auftraf, zog sie konzentrische Kreise wie ein Stein, der in einen See geworfen wurde. Diese breiteten sich langsam über das gesamte Becken aus.

Mit jeder kleinen Welle wurde die Wasseroberfläche undurchsichtiger und glatter und nahm die Farbe flüssigen Silbers an. Nach wenigen Augenblicken war sie vollkommen glänzend wie poliertes Metall.

Als Mansaar von oben darauf blickte, erblickte er sein Spiegelbild. Und das sah ganz anders aus als in den Spiegeln im Pavillon. Sein Ebenbild in dem Wasserbecken hatte kurze Haare unter einem einfachen, aber sauberen Turban und trug schlichte, bequeme Kleider. Mansaar fuhr sich mit der Hand durch seinen langen und auch etwas verfilzten Bart, der ihm in den letzten Wochen gewachsen war. Sein Spiegelbild in dem Wasserbecken machte dieselben Bewegungen durch wesentlich kürzere und gepflegtere Barthaare.

Der größte Unterschied zu den bisherigen Spiegelbildern lag in seinen Augen: Sie blickten ihn offen und klar an. Aus ihnen strahlte eine gewisse Stärke, die auf Selbstsicherheit und tiefer Zufriedenheit beruhte, die Mansaar überraschenderweise auch jetzt in sich spürte. Gleichzeitig spielte ein Lächeln um seine Mundwinkel, das seine Quelle in einem inneren Lächeln hatte.

Mansaar spürte, dass das, was er in diesem Wasserbecken sah, weder die Vergangenheit noch die Zukunft zeigte, sondern ein Abbild seines augenblicklichen Befindens war. Ein Bildnis, welches das Wohlergehen seiner Seele zeigte.

»Du bist an deinem Ziel angekommen, junger Suchender«, erklang plötzlich eine sanfte Stimme direkt vor ihm aus dem See.

Überrascht blickte Mansaar auf und sah, wie sich ein paar Schritte entfernt eine weibliche Gestalt aus dem sich kräuselnden Wasser erhob. Ihre schimmernde Silhouette war von einem Kleid aus fließendem Wasser umhüllt, in dem Mansaar kleine Fische schwimmen sah. Sie hatte langes Haar, das wie von einer sanften Brise berührt um ihren Kopf wogte. Um den Hals trug sie eine Kette aus Seegras und kleinen Muschelschalen. Doch das Bemerkenswerteste waren ihre Augen, die aufmerksam und auch ein bisschen neugierig auf Mansaar gerichtet waren. Dem erschienen sie so hell, dass er nicht sagen konnte, ob sie noch blau oder schon weiß waren.

Merkwürdigerweise verspürte Mansaar bei ihrem Anblick keine Angst, sondern lediglich eine tiefe Erfüllung, denn er wusste, wer sie war, noch bevor sie ihren Namen nannte.

»Ich bin Melianis vom Stamme der Najaden, Herrin dieses Sees und Hüterin des Seelenspiegels«, fuhr sie mit ihrer sanften Stimme fort, die in Mansaars Ohren wie das gedämpfte Murmeln eines kühlenden Baches in der Hitze des Sommers klang.

»Mein Name ist Mansaar«, entgegnete er. Als Zeichen der Ehrerbietung senkte er dabei kurz den Kopf und legte seine flache Hand auf sein Herz.

Melianis erwiderte seine höfliche Geste mit einem leichten Kopfnicken. »Ich weiß. Dein Kommen wurde mir von einem gemeinsamen Freund kundgetan.«

Nun war es an Mansaar, wissend mit dem Kopf zu nicken. »Tanzil.«

Melianis legte den Kopf leicht schräg, als müsste sie über diesen Namen nachdenken. »Er hat viele Namen«, entgegnete sie nach einem Augenblick. »Doch wie dem auch sei, du hast eine lange Reise hinter dir und zahlreiche Prüfungen bestanden, von denen die letzte und wichtigste das Haus der Spiegel war.« Sie deutete mit ausgestrecktem Arm auf den Pavillon, dessen Dach Mansaar in einigen Schritten Entfernung hinter einer Hecke sehen konnte.

»Die meisten Menschen haben ihre Herzen vor dem Leben verschlossen, doch nur ein offenes Herz kann die Antwort im Haus der Spiegel finden. Dadurch hast du gezeigt, dass du die Lektionen des Weges gelernt hast.«

Mansaar dachte über seine bisherige Reise nach und ließ die verschiedenen beschwerlichen Situationen nochmals vor seinem geistigen Auge vorbeiziehen. Es wäre ein Leichtes gewesen, in jeder einzelnen Situation einen Grund zu finden, um seine Suche abzubrechen und nach Hause zurückzukehren.

Er fragte sich, warum er dies nicht getan hatte. Was hatte ihn davon abgehalten, den bequemeren Weg zu gehen? Doch noch während er sich die Frage stellte, wusste Mansaar, dass er die Antwort bereits kannte: Der bequeme Weg war nicht mehr der Weg, den er gehen wollte! Er spürte, dass er sich verändert hatte. Er hatte seine wahren Werte erkannt und akzeptiert.

Eine Frage brannte ihm auf der Seele. »Herrin des Sees, kannst du mir sagen, wie ich auf meiner Reise zu mir selbst von meinen Leiden geheilt wurde? Ich bin doch nur auf der Suche nach einem Gegenstand durch das Land gezogen!«

Melianis ließ ein glockenhelles Lachen erklingen. »Nur ein Gegenstand?«, fragte sie. »Allein deine Reaktion auf ihn zeigt doch, dass der Seelenspiegel viel mehr ist, und das weißt du auch!«

Mansaar nickte nachdenklich mit dem Kopf. »Du hast recht. Ich höre noch zu sehr auf meinen Verstand und zu wenig auf mein Herz.«

»Das ist völlig normal. Erwarte nicht, dass die Lektionen, die du auf deiner Suche gelernt hast, bereits vollständig und dauerhaft in dein Denken und Handeln Einzug gehalten haben. Es wird noch einige Zeit dauern und mehrfaches, bewusstes Erinnern an diese Lektionen benötigen, um dies zu erreichen. Aber je stärker du auf deine Gedanken und Gefühle achtest und dich nicht von alten Gewohnheiten lenken lässt, umso schneller wird dies geschehen.«

Wieder nickte Mansaar nachdenklich mit dem Kopf.

»Doch du hast mir eine Frage gestellt, auf die ich dir noch eine Antwort schulde. Heilung kann nur erfolgen, wenn man die Äußerlichkeiten hinter sich lässt und in die Mitte der Seele vordringt. Nur wenn innere Werte und äußeres Handeln in Einklang sind, kann man geheilt werden. Doch genau wie körperliches Leiden oftmals eine Manifestation seelischen Leidens ist, kann das seelische Leiden durch Konzentration auf die körperliche Gesundung gelindert werden.«

»Du meinst, um meine Seele gesund zu machen, hat es geholfen, mich mit den Leiden meines Körpers zu beschäftigen? Den umgekehrten Weg zu gehen?«

»So ist es.«

»Warum leben so viele Menschen nicht im Einklang mit ihren Werten?«, fragte Mansaar die Seenymphe. »Liegt es lediglich daran, dass sie durch äußerliche Einflüsse begrenzt werden?«

»Die Begrenzungen kommen in den seltensten Fällen von außen«, entgegnete sie. »Die stärksten und unüberwindbarsten Grenzen setzen wir uns selbst. Oftmals entstehen sie durch die Akzeptanz äußerer Einschränkungen, deren Gültigkeit man später niemals mehr überprüft oder infrage stellt.«

»Was sind das für Einschränkungen?«

»Zum Beispiel die persönlichen Erwartungen oder die Glaubenssätze der Mitmenschen, die man ungefragt übernimmt, obwohl sie ein Korsett bilden, das zu eng werden kann. Doch das Leben verträgt es nicht, eingeschnürt zu werden, da geht uns schnell die Luft aus. Es tut gut, seine eigenen Grenzen zu erweitern.«

»Du meinst, die meisten unserer Grenzen setzen wir uns selbst durch die bewusste oder unbewusste Akzeptanz der gedanklichen Fesseln, die uns von anderen angelegt werden«, resümierte Mansaar.

Melianis nickte anmutig. »Genau. Um uns selbst treu sein zu können, müssen wir uns zunächst einmal selbst finden. Dabei kann die Suche nach dem Seelenspiegel helfen.«

»Warum machen sich dann so wenige auf die Suche?«

»Weil sie Angst haben!«, meinte die Nymphe.

Mansaars Augen weiteten sich vor Überraschung. »Wovor haben sie Angst?«

»Wovor auch du ursprünglich Angst hattest: vor der Veränderung. Wenn man an seinem Leben etwas ändert, kann es besser werden, es könnte aber auch schlechter werden. Daher verharrt man lieber in seiner augenblicklichen Situation, statt den Mut aufzubringen, die Chancen zu sehen und etwas zu verändern. Es ist immer die Angst, die uns daran hindert, ein selbstbestimmtes Leben zu führen.«

Mansaar dachte über diesen letzten Satz der Nymphe nach. Auch er kannte aus seinem bisherigen Leben dieses Gefühl, einen unbekannten Schritt nicht zu wagen, da er sich als falsch herausstellen konnte. Stattdessen hatte er die Dinge so getan, wie er sie schon immer getan hatte, da konnte er sich des Ergebnisses wenigstens sicher sein. Bei dieser Erkenntnis musste Mansaar an die Wächterlinge denken, für die es ebenfalls unvorstellbar war, den vorgegebenen Weg zu verlassen. Doch selbst sie hatte er zuletzt dazu gebracht, dass sie ihn seine eigene Wahl treffen ließen.

Eine Frage tauchte noch aus den Tiefen seines Unterbewusstseins auf. »Du hast von *uns* gesprochen. Ist ein eingeschränktes, von fremden Mustern bestimmtes Leben nicht nur ein Problem der Menschen?«

Melianis legte den Kopf in den Nacken und ließ ihr glockenhelles Lachen vernehmen. »Nein, mein Freund. Auch unser Volk kennt diese Schwierigkeiten. Doch uns steht eine etwas größere Zeitspanne zur Verfügung, um uns damit auseinanderzusetzen.«

»Ich glaube, ich verstehe«, stimmte er ihr nickend zu. »Ich habe die wesentlichen Lektionen auf meiner Suche gelernt. Nun muss ich sie nur noch anwenden.«

»Nein, nicht alle«, antwortete sie. »Zwei Lektionen stehen noch aus.«

Das Leben ist der Weg

Mansaar hob erstaunt die Augenbrauen. »Welche Lektionen gibt es nun noch, da ich mein Ziel doch erreicht habe?«

Wieder lachte die Seenymphe freundlich. »Du hast dein Ziel nicht erreicht, denn du hattest nie eines. Du hast dich auf der Suche nach dir selbst zum ersten Mal seit deiner Kindheit von den Strömungen des Lebens treiben lassen und die Dinge, die auf dich zukamen, so akzeptiert, wie sie waren. Dabei ging es nicht um das Ankommen, sondern um das Unterwegssein. Du hast die Hindernisse auf deinem Weg nicht mit hohem Kraftaufwand beiseitegeräumt, sondern umgangen oder zu deinen Gunsten genutzt.«

Mansaar blickte nachdenklich auf die unruhige Wasseroberfläche des Sees zwischen ihnen. »Ich hatte nur die Hoffnung, den Seelenspiegel zu finden, aber sonst keine festgezurrten Erwartungen, die ich um jeden Preis erreichen wollte. Ich habe mich mit den Dingen erst auseinandergesetzt, als sie wirklich für mich bedeutungsvoll wurden, und nicht schon vorher.«

Melianis nickte anmutig mit dem Kopf, sodass ein vorwitziger Fisch, der sich bis in ihr Haar vorgewagt hatte, in den See geschleudert wurde und mit einer kleinen Fontäne im kühlen Nass verschwand. »Sich die Lektionen im Geiste wachzuhalten ist ein Weg, der länger dauern wird als deine bisherige Suche. Die tief in dir sitzenden Glaubenssätze zu entdecken und zu verändern bedeuten tägliche Achtsamkeit und Arbeit an dir selbst.«

»Aber es würde sich lohnen.«

»Lass dir eines gesagt sein: Ein selbstbestimmtes Leben in Achtsamkeit zu führen ist jede Mühe wert!«

Wieder nickte Mansaar nachdenklich. »Ich möchte mich bei dir bedanken. Durch deine Erklärungen habe ich die Zusammenhänge besser verstanden.«

»Es freut mich, wenn dir mein Rat von Nutzen war.«

»Das war er ganz bestimmt«, entgegnete Mansaar und stand auf. »Ich würde gern noch etwas an diesem wunderschönen Ort verweilen und Kräfte sammeln, doch habe ich noch einen weiten Fußmarsch mit wenig Proviant vor mir. Daher muss ich mich beeilen, damit er mir nicht unterwegs ausgeht.«

»Vielleicht wird dir das hier erlauben, dich noch etwas auszuruhen«, meinte das zarte Wesen und zeigte nochmals mit einem ausgestreckten Arm in Richtung des Pavillons. Als Mansaar sich dorthin wandte, entdeckte er sein Pferd, welches er in der Weißen Wüste nach Hause geschickt hatte. Mansaar stieß einen freudigen Ruf aus und stand überrascht auf, als es langsam auf ihn zukam. Er streichelte seinen Hals und den Widerrist. Das Tier rieb seine Nüstern zärtlich an Mansaars Arm.

Hinter dem Sattel waren zwei Taschen festgeschnallt, die, wie sich nach kurzer Untersuchung herausstellte, mit Lebensmitteln gefüllt waren. Wahrscheinlich war das Pferd zu Hause angekommen, und seine Frau hatte es in der Hoffnung, dass es ihn finden würde, beladen und wieder losgeschickt.

Mansaar wandte sich zu Melianis um. »Das ist eine freudige Überraschung. Ich hätte nicht gedacht, dass ich sie so schnell wiedersehen würde. Da nun mein dringlichstes Problem gelöst ist, bitte ich um dein Einverständnis, noch ein paar Tage an deinem See verweilen zu dürfen, Herrin.«

»Es sei dir gewährt«, entgegnete die Seenymphe und nickte anmutig mit dem Kopf. »Ich wünsche dir Kraft für deinen weiteren Weg, auf dem du den ersten Schritt getan hast. Erinnere dich immer wieder an die gelernten Lektionen und handle bewusst danach. Lass dich von ihnen leiten wie von einem Licht in der Nacht, wenn die Tage wieder schneller werden.«

»Ich verstehe nun auch die nächste Lektion«, entgegnete Mansaar nachdenklich. »Ich werde nie am Ende meines Weges sein, denn das ganze Leben ist eine Reise. Wenn ich offen für das Neue bin, statt mich auf ein festes Ziel zu versteifen, dann kann ich nicht enttäuscht werden und auch Dinge genießen, die mir zuvor vielleicht entgangen wären.«

Die Herrin des Sees nickte zufrieden. »So ist es. Die Menschen, die sich nur durch feste Ziele leiten lassen, stehen immer am Ufer eines Sees und betrachten sehnsüchtig das andere Ufer, weil sie hoffen, dort ein besseres

Leben zu finden. Dabei beachten sie das gute Leben, das sie an diesem Ufer bereits haben, nicht. Wenn sie dann mühsam ein Boot gebaut und unter vielen Gefahren den See überquert haben, können sie am dortigen Ufer nicht zur Ruhe kommen, denn sie finden in der Ferne wieder ein neues Ufer, welches sie unbedingt erreichen müssen, um glücklich zu sein.«

Mansaar nickte nachdenklich. »Wenn der Weg schön ist, sollte man vielleicht nicht fragen, wo er hinführt, sondern ihm einfach folgen!«

»Das stimmt, denn nicht am Ziel wächst man, sondern auf dem Weg dorthin. Ein angenehmer Weg ohne Ziel ist besser als ein beschwerlicher Weg mit großem Ziel«, entgegnete Melianis.

»Ich glaube, ich werde mir diese Lektion noch öfter ins Bewusstsein rufen müssen«, meinte Mansaar und lachte leise.

»Dessen kannst du dir sicher sein. Es wird Zeiten geben, in denen es dir leichtfallen wird, da diese Erkenntnis offen vor dir liegt. Und es wird Zeiten der Niedergeschlagenheit und des Zweifels geben, in denen du sie unter Schichten von Missmut und Trauer ausgraben musst. Erinnere dich dann bewusst an alle Lektionen, die dich wieder zu dir selbst geführt haben. Doch die beiden wichtigsten Lektionen stehen am Anfang und Ende deiner Suche nach dem Seelenspiegel. Und die letzte Lektion liegt noch vor dir.«

Mansaar blickte die Najade mit leuchtenden Augen an. »Ich werde auf meinem weiteren Weg offen sein und mich bemühen, deine Ratschläge stets im Herzen tragen.«

Melianis schloss kurz die Augen, als ob sie ihm still ihre Zustimmung signalisieren wollte, hob die Hand zu einem letzten Gruß und versank langsam im ruhigen Wasser des Sees. Nach wenigen Augenblicken war sie verschwunden, und nichts deutete mehr auf ihre Anwesenheit hin.

Nachdenklich drehte sich Mansaar zu seinem Pferd um, das leise schnaubte und seine Nüstern vorsichtig an Mansaars Schulter rieb. Dieser legte seinen Kopf an den starken Hals der Stute und sog ihren Geruch tief in sich ein.

Eine geschützte Stelle in der Nähe des Pavillons war schnell gefunden, und so schlug Mansaar mit geübten Handgriffen sein Zelt auf und bereitete sein Essen zu. Während des restlichen Tages nahm er eine tiefe Ruhe in sich wahr, die sich durch keine Gedanken oder Bilder zerstören ließ.

Und so blieb Mansaar noch einige Zeit und sammelte neue Kräfte. Er führte täglich die Übung der inneren Einkehr durch und wurde immer ausgeglichener.

Mansaar nutzte die Zeit an Melianis' See, um sich die Dinge, die er auf seiner Suche entdeckt hatte und die ihn dabei unterstützt hatten, zu sich selbst zu finden, nochmals vor Augen zu halten, denn er spürte, dass diese Bausteine in Vergessenheit geraten konnten, wenn er sie nicht bewusst zum Fundament seines Lebens machte.

Zuerst dachte er an die Glaubenssätze, die er teilweise noch aus seiner Kindheit in sich trug und die tief in seinem Unterbewusstsein verankert waren. Mansaar spürte, dass er mit seinen jüngsten Erfahrungen und der neu gewonnenen Sensibilität sich selbst gegenüber die noch verbliebenen Glaubenssätze entdecken und gegen neue, positive austauschen konnte. Dennoch durfte er sie nicht unterschätzen, denn sie waren zäh wie Pech, schon viele Jahre ein Teil von ihm und sie würden sich nicht so einfach vertreiben lassen.

Wenn es ihm jemand vor Antritt seiner Reise gesagt hätte, er hätte es nicht für möglich gehalten: Die tägliche Übung der inneren Einkehr wurde zu einem wesentlichen Teil für seine wiedererstarkte Energie, die er in seinem gesamten Körper und Geist spüren konnte. Mansaar konnte es sich nicht erklären, aber er spürte instinktiv, dass er sich wieder besser auf die Dinge des Alltags konzentrieren konnte, seit er die Übung regelmäßig praktizierte.

Und nicht zuletzt war Mansaar der Überzeugung, dass die ungewohnten körperlichen Aktivitäten Ruhe in seinen Geist gebracht hatten. Als ob die Anstrengungen seiner Reise der Niedergeschlagenheit und Verzweiflung seines Geistes unmittelbar entgegengewirkt hätten und die geistigen Probleme durch körperliche Aktivität behandelt wurden. Anders konnte Mansaar dieses Phänomen nicht begründen, doch auch hier spürte er intuitiv, dass er recht hatte.

Nach der Rückkehr nach Hause wollte er sich dieser drei Bausteine erinnern und sie in sein neues Leben integrieren. Dies würde eine Herausforderung werden und nicht ohne Veränderungen vonstattengehen. Er hoffte, dass seine Frau und die Kinder die Notwendigkeit dafür erkannten. Nun, da es ihm wieder besser ging, konnten sie gemeinsam einer glücklicheren Zukunft entgegensehen. Wer weiß, vielleicht konnte seine Frau auch von seinen Erfahrungen profitieren? Er würde auf alle Fälle versuchen, ihr seine Erkenntnisse nahezubringen, jedoch ohne sie dazu zu drängen, denn sie sollte ihre eigenen Erfahrungen machen und ihre eigenen Entscheidungen treffen.

Frischen Mutes sowie gestärkt an Körper und Geist machte sich Mansaar auf den Heimweg. Als er das Gebirgstal verließ, in dem Melianis über den Seelenspiegel wachte, warf er einen letzten Blick zurück, um dieses Bild und damit auch die damit verbundenen Gefühle und Erfahrungen tief in seiner Seele zu verankern.

Und er meinte ein glockenhelles Lachen aus den Tiefen des Sees zu vernehmen, welches wie eine betörende Abschiedsmelodie in seinem Herzen nachhallte.

Die Gezeiten des Lebens

D ank der Rückkehr seines Pferdes dauerte die Heimreise nur wenige Tage, auch wenn Mansaar das Labyrinth weiträumig umreiten musste. Zum einen war er einfach schneller unterwegs, zum anderen nahm das Pferd einen anderen Weg als Mansaar auf seiner Suche nach dem Seelenspiegel.

Zuerst sträubte sich etwas in ihm, als er merkte, dass sein Reittier die Route bestimmte. Als erfolgreicher Mann war er es gewohnt, dass er die Richtung vorgab. Doch dann erinnerte er sich an die Lektion »Loslassen« und ihm wurde bewusst, dass dies wieder ein altes Muster aus seinem bisherigen Leben war. Genau genommen hatte er ja sein bisheriges Leben auch nicht allein bestimmt, da er sich unbewusst nach Glaubenssätzen und Überzeugungen anderer Menschen gerichtet hatte.

Also lockerte Mansaar die Zügel und ließ sein Pferd die Richtung bestimmen. Es war ein ungewohntes Gefühl, doch mit der Zeit spürte er, dass eine Last von ihm abfiel und es ihm guttat, jemand anderem sein Vertrauen zu schenken – selbst wenn dieser *Jemand* nur ein Pferd war. Er fühlte sich nicht mehr allein für alles verantwortlich und genoss die Reise als Ausklang seiner erfolgreichen Suche.

So konnte er seinen Gedanken freien Lauf lassen, ohne allzu sehr auf die Richtung achten zu müssen. Er spürte in sich die Gewissheit, auf dem richtigen Weg zu sein, erfreute sich an dem Moment und war offen für das, was noch kommen mochte.

Doch war seine Heimreise nicht nur von schönen Gefühlen und Erinnerungen geprägt. Immer wieder spürte Mansaar, wie Traurigkeit, Verzweiflung, Resignation und Erschöpfung in ihm aufstiegen. Solche Phasen verunsicherten ihn und ließen ihn manches Mal sogar am Erfolg seiner Suche und an den Lektionen, die er auf seiner Reise gelernt hatte, zweifeln.

Als er sich wieder einmal in einer besonders bedrückten und niedergeschlagenen Stimmung befand, spürte Mansaar, wie sein Pferd anhielt. Er hob den Blick, der bisher starr auf seine verkrampften Hände am Sattelhorn gerichtet gewesen war.

Mansaar öffnete seine Sinne langsam wieder für die Umwelt und war überrascht von den vielfältigen Eindrücken, die er urplötzlich wahrnehmen konnte, noch bevor sein Verstand begriff, was seine Augen ihm zeigten. Eine frische Brise, die den Duft von Meerwasser und einen Geschmack nach Salz mit sich trug, umschmeichelte sein Gesicht, während seine Ohren ein nahes, rhythmisches Rauschen wahrnahmen. Dann erkannte er vor sich eine niedrige Klippe, an deren Fuße sich Wellen an den Felsen brachen und ihre Gischt einige Schritte weit auf das Land schickten.

Er hob den Kopf höher und konnte nur noch die Weite des Ozeans wahrnehmen. Dieser unerwartete Anblick in Verbindung mit den übrigen Empfindungen überwältigte ihn. Erst einige Augenblicke später konnte der junge Mann wieder einen klaren Gedanken fassen. Ihm wurde bewusst, dass er sich am Ufer des Meeres befand, statt – wie erhofft – kurz vor den Toren seiner Heimatstadt.

Zuerst wollten sich Ärger und Enttäuschung darüber in ihm breitmachen, dass er seinem Pferd die Wahl des Weges überlassen und es ihn hierhergeführt hatte, als er sich an zwei wichtige Dinge erinnerte, die er in den vergangenen Wochen hatte lernen dürfen: *Der Weg ist das Ziel* und *Offenheit für Neues*.

Also konzentrierte er sich, schloss die Augen, nahm ein paar tiefe Atemzüge und entließ die Spannung aus seinem Körper und dadurch auch aus seinen Gedanken und Gefühlen.

Die Strahlen der Sonne auf seiner Kleidung wärmten seinen Körper, während Mansaar mit geschlossenen Augen die Vielfältigkeit der Sinneseindrücke in sich aufsog und zu ordnen versuchte. Er schickte alle Sinne aus, um Neues zu entdecken und ihm zu zeigen: das Geschrei von großen, tief fliegenden Seevögeln auf der Suche nach der nächsten Mahlzeit, den Rhythmus der stetig anbrandenden Wellen, den Geruch von frischem Seetang, der in der Sonne auf den Felsen trocknete, das Rascheln der niedrigen, vom beständigen Seewind zerzausten Büsche rings um ihn herum und die Kühle, als derselbe Seewind die feinen Schweißperlen auf seiner Haut trocknete.

Mansaar öffnete langsam seine Augen. Sofort wurden die bisherigen Sinneseindrücke durch einen Rausch an Farben, Formen und Bewegungen ergänzt. Er brauchte einige Zeit, um sich an die neuen Reize und Eindrücke zu gewöhnen, doch erfreuen konnte er sich nicht wirklich daran. Seine gedrückte Stimmung überdeckte auch die Schönheit dieses Anblicks.

Als ihm dies bewusst wurde, seufzte er und ließ enttäuscht den Kopf hängen. Es kam ihm vor, als würde seine Niedergeschlagenheit wie dickflüssiger Schlick in seiner Brust sitzen.

Warum konnte er diese negativen Gefühle nicht loswerden? Warum kamen sie immer wieder? Hatte er auf seiner Suche nach dem Seelenspiegel nicht genügend Lektionen gelernt, mit deren Hilfe er sie vermeiden oder bekämpfen konnte?

Wie er so auf seinem Pferd saß und seine trübselige Gemütsverfassung mehr und mehr sein Denken vereinnahmte, registrierte er am Rande seines Bewusstseins eine leise Melodie, die durch das stetige Rauschen der brechenden Wellen zu ihm drang. Es gelang ihm nicht, die Quelle der Töne genau zu bestimmen, er konnte nur die ungefähre Richtung ausmachen.

Wie von einem schwachen, aber stetigen Sog angezogen, glitt Mansaar langsam von seinem Pferd, zog sich die Schuhe aus und begann, an einer etwas flacheren Stelle barfuß die Klippe hinabzusteigen. Der Bereich am Fuße der Klippen bis zum Meer war von großen, teilweise scharfkantigen Felsbrocken übersät, sodass Mansaar sich vorsichtig einen Weg hindurch suchen musste. Nach einiger Zeit hatte er den Rand des Meeres erreicht, konnte jedoch noch immer nicht genau ausfindig machen, woher die wohlklingende Melodie kam. Sie schien überall um ihn herum in der Luft zu schweben.

Nachdem er einen mehr als mannshohen Felsbrocken halb umrundet hatte, entdeckte Mansaar wenige Schritte seitlich eine Frauengestalt, deren Körper von der Hüfte abwärts vom Wasser bedeckt wurde. Sie kämmte sich das lange Haar mit einem rötlichen, seltsam geformten Kamm und sang dabei ein ihm unbekanntes Lied – genau diese wohlklingende Melodie hatte Mansaar zuvor vernommen. Wellen umspülten sie und benetzten sie mit ihrer Gischt, doch das schien sie nicht zu stören. Er konnte die Augen nicht von ihrem Haar abwenden, das – so war zumindest sein Eindruck – einen leichten Blauschimmer hatte und sich über ihren gesamten Rücken ergoss.

Unfähig, sich zu rühren und den Blick von dem faszinierenden Wesen zu lösen, beobachtete er sie in stiller Bewunderung und genoss die süße Melodie. Eine unsichtbare, geheimnisvolle Aura schien von ihr auszugehen.

Irgendwann erwachte er aus seinem Dämmerzustand und entschloss sich schweren Herzens, wieder zu seinem Pferd zurückzukehren, welches immer noch oben auf der Klippe wartete. Er ging langsam rückwärts um den Felsen herum, als er mit der Hand einen Stein löste, der mit einem deutlich hörbaren Laut auf dem Boden aufschlug.

Sofort brach der Gesang der jungen Frau ab. Sie wirbelte herum, erblickte Mansaar, der wie versteinert dastand. Eine Mischung aus Erschrecken und Angst zeichnete sich auf ihrem blassen, doch wunderschönen Gesicht ab. Im nächsten Augenblick machte sie einen Satz nach vorn und verschwand in den dunklen Fluten des unruhigen Meeres.

Diese Flucht ins offene Meer geschah innerhalb eines Augenblickes und hätte ihn wohl vollkommen aus der Fassung gebracht, wenn Mansaar nicht eines sehr deutlich erkannt hätte: An der Stelle, an der bei Menschen Beine und Füße waren, besaß sie eine bläulich schimmernde, mit kleinen Schuppen überzogene Fischflosse!

Wie vom Donner gerührt blickte er unverwandt an die Stelle, an der das Meereswesen verschwunden war, konnte allerdings vor Verblüffung keinen klaren Gedanken fassen.

Nach einer Weile drangen die Geräusche des Meeres wieder in sein Bewusstsein und er nahm einen tiefen Atemzug. Während sein Geist sich wieder beruhigte, bemerkte Mansaar, dass ihm etwas an diesem Wesen bekannt vorgekommen war. Es dauerte jedoch einen Augenblick, bis es ihm einfiel.

»Melianis«, sagte er überrascht zu sich selbst und fuhr sich mit einer Hand durch die Haare. »Sie hatte Ähnlichkeit mit der Herrin des Sees.«

»Du kennst Melianis?«, ertönte plötzlich eine melodiöse Stimme aus einer anderen Richtung. Mansaar drehte ruckartig den Kopf. Wenige Schritte von ihm entfernt entdeckte er das Mischwesen aus Frau und Fisch. Ihr Kopf spähte über einen niedrigen Felsen hinweg neugierig in seine Richtung. Sie musste auf seine rechte Seite getaucht sein, um ihn heimlich zu beobachten.

Mansaar brauchte einen Moment, bis er sich von dieser neuerlichen Überraschung erholt hatte und auf die Frage antworten konnte.

»Ja.« Er nickte ihr vorsichtig zu. »Ich komme geradewegs von ihrem See in den Schattenbergen.«

»Hast du mit ihr gesprochen?«, fragte sie misstrauisch, aber auch wissbegierig weiter. Er hatte den Eindruck, als würde der Wind ihre Worte direkt in seine Ohren tragen. Anders konnte er sich nicht erklären, wie diese sanfte Stimme das andauernde Rauschen der Wellen übertönen konnte.

Wieder bestätigte der junge Mann ihre Frage mit einem Kopfnicken. »Ja. Ich habe mich mehrere Tage mit ihrer Erlaubnis an ihrem See aufgehalten und mich von den Strapazen meiner Suche erholt.«

Sie senkte die Augen und dachte kurz nach. »Wenn Melianis mit ihm gesprochen hat, dann kann es ja nicht falsch sein, wenn auch ich mich ein bisschen mit ihm unterhalte«, sagte sie mehr zu sich selbst als zu ihm und richtete ihren neugierigen Blick wieder auf Mansaar. »Du warst es also, der auf der Suche nach dem Seelenspiegel erfolgreich war.«

Mansaar zog die Augenbrauen hoch. »Woher weißt du das?«, fragte er erstaunt zurück.

Sie warf den Kopf zurück und ließ ein helles Lachen erklingen, welches ihn umso mehr an die Hüterin des Seelenspiegels erinnerte.

»Weil dies der einzige Weg ist, Melianis zu begegnen, Mensch. Sie hätte sich dir sonst nicht gezeigt«, sagte sie lächelnd.

»Und weil wir von deiner Reise erfahren haben«, fügte sie nach einem Moment schelmisch hinzu.

»Du nennst mich *Mensch*. Ich möchte nicht unhöflich sein, kann mir allerdings keinen Reim auf deine Gestalt machen. Ich habe noch nie ein Wesen wie dich gesehen.«

»Das kann ich mir denken«, entgegnete sie leicht schmunzelnd. »Ich bin eine Nereïde.«

»Nereïde? Melianis gehört zum Stamme der Najaden.« Mansaar kratzte sich verwundert den Kopf. »Seid ihr miteinander verwandt?«

Wieder konnte er ihr belustigtes Lachen vernehmen. »So könnte man sagen. Die Najaden sind Nymphen wie wir. Während sie in Seen, Flüssen und Quellen leben, ist die Weite des Meeres die Heimat der Nereïden. Melianis und ich stammen aus derselben Familie, wenn auch aus sehr weit entfernten Zweigen.«

Während Mansaar diese neuen Informationen verarbeitete, beobachtete sie ihn weiter mit neugierig funkelnden Augen. »Wie heißt du?«, fragte sie ihn schließlich.

»Mein Name ist Mansaar. Wie darf ich dich nennen?«, wollte er von ihr wissen.

»Du bist sehr höflich, Mansaar. Meinen wahren Namen würdest du nicht aussprechen können, aber du kannst mich Ephyra nennen.«

Sie legte den Kopf schief, als wollte sie ihn genauer in Augenschein nehmen.

»Ich spüre, dass du unter deiner Überraschung und Neugierde traurig und verzweifelt bist«, meinte sie unvermittelt.

Mansaar war verblüfft, wie schnell sie seine Empfindungen gedeutet hatte und wie offen sie darüber sprach. Andererseits hatte er in den letzten Wochen viele Erfahrungen mit den unterschiedlichsten Wesen gemacht, sodass er recht schnell die Fassung zurückerlangte.

»Du hast recht«, bestätigte er daher seufzend. »Die Suche nach dem Seelenspiegel war lang und anstrengend. Ich habe viele Lektionen gelernt und wichtige Erfahrungen gemacht, die mir letztendlich geholfen haben, meine ursprüngliche Traurigkeit und Energielosigkeit zu überwinden. Doch dies war nicht von langer Dauer. Seit kurzer Zeit fühle ich die Verzweiflung und Hoffnungslosigkeit wieder in mir. Ich dachte, ich hätte sie überwunden!«

»Überwunden?«, fragte die Nereïde erstaunt. »Mir scheint, du musst noch eine wichtige Lektion lernen.«

»Melianis meinte ebenfalls, ich hätte noch eine letzte Lektion zu lernen, doch bisher hatte ich damit kein Glück«, meinte er kopfschüttelnd. »Kannst du mir dabei helfen?«

Ephyra dachte einen Moment über die Frage nach, während sie den jungen Mann aufmerksam beobachtete.

»Gern«, entgegnete sie dann, »doch auch wenn diese Lektion sehr wichtig ist, ist sie sehr einfach und leicht zu verstehen.«

Mansaar war erfreut und spürte, wie erneut Hoffnung in ihm aufkeimte und er sich sofort etwas besser fühlte.

Ephyra hob anmutig einen schlanken Arm und deutete auf die Brandung des Meeres. Mansaar konnte ein dünnes Armband an ihrem Handgelenk erkennen, welches aus blauen Muscheln und roten Korallen gefertigt war.

»Du stehst hier wenige Schritte vom Rande des Meeres entfernt. Einige Stunden früher oder später würdest du hier ertrinken, da das Wasser sogar über den hohen Felsen neben dir reichen würde.«

»Ebbe und Flut, die Gezeiten«, meinte Mansaar zustimmend. »Das ist mir bekannt.«

»Welche Eigenschaften haben Ebbe und Flut?«, fragte sie ihn.

Mansaar überlegte nur kurz. »Bei Ebbe zieht sich das Wasser zurück und bei Flut steigt es wieder.«

»Ist die Höhe des Wassers immer gleich? Bei jeder Ebbe und bei jeder Flut?«

»Nein«, antwortete er kopfschüttelnd. »Bei schlechtem Wetter oder Sturm kann es sein, dass die Flut höher steigt und das Land überflutet.«

»Genau«, bestätigte Ephyra und stellte umgehend die nächste Frage. »Wie hängen Ebbe und Flut zusammen? Kann es sein, dass es eine Flut ohne vorherige Ebbe gibt?«

»Nein! Wie jedes Kind weiß, folgt Ebbe auf Flut und Flut auf Ebbe. Das eine kann es nicht ohne das andere geben.«

»Richtig. Genauso ist es mit den Gefühlen.«

»Wie meinst du das?«, fragte Mansaar, nun etwas verwirrt.

»Als du Melianis verlassen hast, warst du fröhlich und zufrieden. In der Zwischenzeit hat sich deine Stimmung verändert, und es haben sich auch wieder ein paar negative Gefühle gezeigt.«

Mansaar stimmte ihr kopfnickend zu.

»Du versuchst nun, diese negativen Gefühle zu vermeiden, und hoffst, nur noch positive verspüren zu können«, fuhr Ephyra fort. »Das ist auf der einen Seite verständlich, auf der anderen Seite gilt dasselbe wie bei den Gezeiten: Das eine kann es nicht ohne das andere geben.«

Langsam begriff Mansaar, worauf sie hinauswollte. Allerdings unterbrach er Ephyra nicht, da er neugierig war, was ihm die Nymphe noch zu sagen hatte.

»Das Leben besteht nicht nur aus erfreulichen Dingen. So ist es auch mit den Gefühlen«, sagte sie und breitete die Arme in einer allumfassenden Geste aus. »Es ist ganz natürlich, dass auch unangenehme Dinge passieren, die dann die entsprechenden Gefühle hervorrufen. Egal, wie viel Zeit und Energie du für die Vermeidung ungewollter Empfindungen aufbringst, du wirst sie deshalb trotzdem nicht verhindern können! Und so, wie auch die Gezeitenströme immer verschiedene Wassermengen mit sich tragen, so haben auch die Empfindungen unterschiedliche Intensitäten. Manchmal sind sie schwächer, manchmal stärker.«

»Wie kann ich mit ihnen umgehen, wenn sie so stark sind, dass ich von ihnen erfüllt bin? Was soll ich tun, um mit ihnen zurechtzukommen und weiterleben zu können?«

Ephyra sah ihn mit offenem Blick an. »Erinnere dich an die erste Lektion, die du gelernt hast.«

Mansaar wanderte in Gedanken zu dem Tag zurück, als er in Tanzils Kate auf dem Boden gesessen und die Lektion »Akzeptanz« gelernt hatte. »Akzeptanz. Ich soll die negativen Gefühle akzeptieren?«

»Genau. Wenn du dir im Klaren bist, dass du sie nicht vermeiden kannst, dann bleibt dir nichts anderes übrig, als sie zu akzeptieren. Dadurch nimmst du dir selbst den Druck, sich ihnen entziehen oder gegen sie kämpfen zu müssen, denn das wirst du sowieso nicht schaffen. Du wirst sehen, schon durch die Akzeptanz unangenehmer Gefühle werden sie erträglicher für dich und verschwinden schneller. Akzeptiere sie, denn sie sind ein Teil von dir, andernfalls stellst du sie in den Fokus deines Bewusstseins und gewährst ihnen damit zu viel Raum in deinem Leben. Zusätzlich kostet dich der Kampf einen Großteil deiner Energie. Sie zu akzeptieren bringt dir etwas Ruhe und Sicherheit.«

»Und wenn ich wissen möchte, woher sie kommen? Um sie vielleicht zukünftig zu vermeiden? Sollte ich dann nicht über ihre Ursache nachdenken?«

»Das klingt plausibel, ist aber nicht immer machbar. Wenn du die wahre Ursache nicht findest, drehst du dich im Kreis, was sehr viel Energie kostet. Du gerätst in einen Strudel, der dich immer weiter nach unten zieht. Auch in solchen Fällen kann es sinnvoll sein, zu akzeptieren. Ein Weg, den du nicht beschreiten kannst, ist nicht für dich bestimmt. Gefühle kommen und gehen wie die Gezeiten am Meer. Sie ändern sich. Dies ist wichtig, denn dadurch kann man sich in einer schwierigen Lebenssituation sicher sein: Es wird vorbeigehen, auch wenn man augenblicklich der Meinung ist, dass es sich nie ändern wird. So kann man der Verzweiflung vorbeugen. Dies bedeutet nicht, dass wir schlechte Gefühle gutheißen müssen, aber wir müssen sie als einen Teil von uns akzeptieren.

Wie du bereits erkannt hast: Lehnen wir die schlechten Gefühle ab, dann lehnen wir einen Teil von uns ab und vergeben gleichzeitig auch die Chance auf die guten Gefühle. Denn wie will ich etwas Gutes erkennen und genießen, wenn ich das Schlechte nicht kennengelernt habe?«

»Du meinst, die beiden gibt es nicht getrennt?«

»So, wie es ohne Sonne keinen Schatten gibt und ohne Winter keinen Sommer, so gibt es ohne schlechte Gefühle keine guten! Aber das Wichtigste ist: Gefühle sind die Verbindung zur Seele. Wenn keine Gefühle vorhanden sind oder sie verdrängt werden, dann ist die Verbindung zur Seele abgerissen und man lebt ein farbloses Leben in eingefahrenen Mustern.«

Mansaar nickte nachdenklich. »Ich verstehe allmählich. Aber wie werde ich die schlechten Gefühle wieder los, wenn ich sie erst einmal akzeptiert habe?«, fragte Mansaar ratlos.

»Eine schwierige Situation zuzulassen bedeutet nicht, sie nicht mehr verändern zu können. Im Gegenteil! Erst durch diese bewusste Akzeptanz öffnet man sich, kann auf Distanz gehen und hat die Chance, das zu erkennen, was man verändern möchte. So, wie ein Falke über einen ungünstigen Windstrom nicht nachdenkt und ihn nicht ignoriert, sondern ihn als unvermeidlich akzeptiert, seine Jagdstrategie den Verhältnissen anpasst und dann seine Beute schlägt.«

Mansaar senkte den Blick und dachte eine Weile über das nach, was die Nereïde ihm gerade beizubringen versucht hatte. »Akzeptanz ist, wenn ich das Negative, das ich auf der Suche nach mir selbst entdecke, als wahr erkenne, gelten lasse – und nicht ablehne, weil es mir unangenehm ist?«

»Genau. Du hast die Wahl: Du kannst deine Gefühle weiterhin ablehnen und deine gesamte Kraft in irgendeine ferne Hoffnung auf Besserung stecken. Oder du lässt sie zu, lebst im Augenblick und lernst dich selbst dadurch besser kennen. Deshalb hast du dich doch erst auf die Reise begeben.«

»Es ist, wie du gesagt hast«, bestätigte Mansaar. »Das Leben ist wie ein Meer, und die Gefühle und Empfindungen sind die Gezeiten. Man kann sie nicht festhalten und muss sie nehmen, wie sie kommen. So sicher, wie es unruhige und traurige Gefühle geben wird, so sicher werden diese auch wieder verschwinden und durch Ruhe und Zufriedenheit abgelöst. Das habe ich ja selbst in den letzten Wochen erlebt.«

Ephyra nickte. »So ist es. Und nur du selbst bestimmst, wie sehr du diese Gefühle zulässt, ablehnst oder versuchst, dich an ihnen festzuklammern. Wer nicht loslässt, geht mit dem, an das er sich klammert, unter!«

Sie schwiegen einen Augenblick, dann fügte sie hinzu: »Zusätzlich hast du bestimmt auch ein Werkzeug erhalten, mit dem du deinen Fokus auf das Hier und Jetzt richten kannst.«

Mansaar runzelte die Stirn, es war ihm zunächst nicht klar, worauf sie anspielte, dann erhellte sich sein Gesicht. »Die Übung zur inneren Einkehr«, meinte er freudestrahlend.

»Genau. Wann hast du sie das letzte Mal ausgeführt?«

Der junge Mann dachte kurz nach und musste sich dann selbst eingestehen, dass er in den letzten Tagen von seiner Traurigkeit so gefangen gewesen war, dass er nicht daran gedacht hatte, die Übung durchzuführen.

»Ich muss zugeben, es ist schon ein paar Tage her«, gestand er kleinlaut.

»Das dachte ich mir. Solche Werkzeuge sind nicht nur für ernste Situationen vorgesehen wie etwa ein Eimer mit Wasser, der ein brennendes Feuer löschen kann. Sie sind gerade auch dann nützlich, wenn es um die Vermeidung eines sich ausbreitenden Feuers geht. Wie die Steine um eine Feuerstelle verhindern, dass sich die Glut weiter ausdehnen kann.«

»Du meinst, ich sollte die Übung vorbeugend machen?«

Die Nymphe nickte. »Ja. Denn dann ist sie am wirksamsten.«

Mansaar runzelte wieder verständnislos die Stirn.

»Dein Denken und deine Empfindungen werden durch diese Übung geformt«, fuhr das Meereswesen fort. »Das Auftreten negativer Gefühle wird nicht verhindert, doch je häufiger du die Übung machst, desto schneller wirst du in der Lage sein, sie zu erkennen, zu akzeptieren und der Abwärtsspirale zu entkommen. Du wirst achtsamer dir und deinen Gefühlen gegenüber.«

»Wenn es mir nicht gut geht, fällt es mir aber besonders schwer, mich zu überwinden, die Übung der inneren Einkehr durchzuführen.«

»Je schwerer es für dich ist, diesen Weg zu gehen, desto dringender ist es, ihn zu gehen! Nur du bist in der Lage, dich selbst zu verändern, niemand sonst kann das. Übernimm die Verantwortung für deine Zukunft, denn es gibt nur einen Tag in deinem Leben, an dem du beeinflussen kannst, wie es sich entwickelt: Heute! Nur heute ist der Tag, an dem das möglich ist. Wenn du heute auf die Übung verzichtest, wirst du morgen leiden! Du kannst die Vergangenheit nachträglich nicht ändern, sie ist vorbei. Akzeptiere das. Aber indem du heute etwas änderst, hat sich morgen auch die Vergangenheit verändert.«

Mansaar dachte darüber nach. Es klang so logisch und gleichzeitig so einfach. Konnte das sein? Doch noch während er sich diese Frage stellte, fühlte er die Antwort bereits, denn er hatte es am eigenen Leib erfahren: Ja.

Er hatte dieses wichtige Werkzeug erhalten, instinktiv genutzt und die positive Wirkung gespürt. Warum hatte er damit aufgehört? Warum hatte er seine Aufmerksamkeit so stark auf seine negativen Empfindungen gerichtet, statt auf die Möglichkeit, diese zu vermeiden? Wahrscheinlich, weil er so erzogen worden war, dass er Hilfe – wenn überhaupt – nur sehr schwer annehmen konnte. Und schon gar nicht vorsorglich.

»Du hast recht«, pflichtete er der Nymphe bei. »Ich muss mir bewusst sein, dass sich meine Gefühle ständig ändern und dass ich nicht nur gute empfinde. Wie ich mit den schlechten umgehen kann, habe ich gelernt, doch es reicht nicht, die Lektionen nur einmalig erfahren zu haben. Ich muss sie mir immer wieder bewusst ins Gedächtnis rufen und umsetzen. Sonst versinke ich stets aufs Neue in alten und ungewünschten Denkrichtungen und Handlungsmustern.«

»Wenn du lange Zeit auf eine gewisse Art gedacht hast, ist es ganz natürlich, dass dein Verstand in diese Bahnen zurückkehren möchte. Ihnen zu entkommen ist eine bewusste Entscheidung, die Anstrengung erfordert.«

Mansaar nickte bestätigend. »Das habe ich nun selbst gespürt.«

»Ich glaube, du hast nun die letzte und vielleicht wichtigste Lektion gelernt. Akzeptiere alle Gefühle in dem Bewusstsein und Wissen, dass sie sich wieder ändern werden. Dies gibt dir einerseits die Sicherheit, angesichts negativer Empfindungen nicht in ein zu tiefes Loch zu fallen, denn du bist darauf vorbereitet, und andererseits die Möglichkeit, schneller wieder aus dem Loch herauszukommen, denn du weißt, dass positive Gefühle zurückkehren werden«, meinte Ephyra, und mit einem schelmischen Blick auf Mansaars Füße fügte sie hinzu: »Mir hat unsere Unterhaltung sehr gefallen, aber wir sollten uns nun verabschieden, wenn du die Auswirkungen realer Gezeiten nicht am eigenen Leib erleben möchtest.«

Mansaar blickte überrascht nach unten und fühlte im gleichen Moment, dass er bis zu den Knöcheln im Wasser stand. Er hatte sich so auf die Unterhaltung mit Ephyra konzentriert, dass er nicht gemerkt hatte, wie das Meer mit Einsetzen der Flut langsam gestiegen war.

»Oh, du hast recht«, erwiderte er und zog sich schnell zurück, denn der Gedanke, hier von der Flut überrascht zu werden, behagte ihm nicht. »Ephyra, ich danke dir, dass ich diese Lektion noch lernen durfte. Ich glaube, sie ist der Schlüssel zur richtigen Anwendung der restlichen Lektionen.«

Ephyra nickte und lächelte Mansaar zu. »Das freut mich. Leb wohl, junger Mensch!«

»Leb auch du wohl, Nymphe des Meeres. Ich werde auch dich immer in meinen Erinnerungen behalten.« Er musste fast schreien, so weit hatte er sich schon von ihr entfernt. Sie winkte ihm zu, drehte sich um und mit einer kleinen Fontäne verschwand sie im Meer.

Mansaar beeilte sich, die niedrige Steilküste wieder nach oben zu klettern, denn das Wasser reichte ihm nun schon fast bis ans Knie und leckte am unteren Saum seiner kurzen Reithose. Er war froh, seine Schuhe oben im Trockenen zurückgelassen zu haben.

Sein Pferd begrüßte ihn mit einem freudigen Schnauben und rieb aufgeregt seine Nüstern an Mansaars Schulter. Gedankenversunken streichelte er das ihm liebgewordene Tier und spürte die angenehme Wärme der kraftvollen Muskeln. Er stieg in den von der Sonne erwärmten Sattel und warf einen letzten dankbaren Blick hinaus auf das dunkelblaue Meer. Plötzlich hatte er den Eindruck, in der Ferne eine helle Gestalt durch das glitzernde Wasser gleiten zu sehen und ein klares Lachen zu hören.

Epilog

Die restlichen Tage der Rückreise beschäftigte sich Mansaar verstärkt mit den gelernten Lektionen, da er verstanden hatte, wie wichtig das bewusste Erinnern war. Auch die Übung der inneren Einkehr fand einen regelmäßigen Platz in seinem neuen Tagesablauf. Der junge Händler fand die Voraussage von Ephyra bestätigt: Je öfter er die Übung durchführte, desto schneller nahm er es wahr, wenn er sich in alten Denkmustern verfing und sich negative Empfindungen anbahnten. Durch die unmittelbare Anwendung der Lektionen lernte er, mit seiner Gefühlswelt in Einklang zu leben.

Auch einem weiteren essenziellen Punkt widmete Mansaar einen großen Teil seiner wachen Zeit: der künftigen Gestaltung seines neuen Lebens. Wenn er das auf seiner Suche nach dem Seelenspiegel mühsam Gelernte wirklich nutzen wollte, dann konnte er nicht in sein bisheriges Leben zurückkehren. Es mussten Veränderungen vorgenommen werden, schließlich hatten sich auch sein Denken und seine Einstellung zu vielen Dingen gewandelt.

Er hoffte, dass seine Frau und die Kinder diese doch tief greifenden Änderungen erkennen, gutheißen und ihn unterstützen würden, doch konnte er einen Teil seiner Skepsis nicht ablegen. Würden sie den neuen Mansaar akzeptieren?

So kam es, dass der früher so selbstsichere Händler umso aufgeregter wurde, je näher er seiner Heimatstadt kam. Als er durch das steinerne Nordtor einritt, flatterte es in seinem Magen, doch dies verschwand in dem Augenblick, als er an der Tür von seiner gesamten Familie in Empfang genommen und in die Arme geschlossen wurde.

Er war wieder zu Hause.

Da die Neugier seiner Frau nicht zu zügeln war, erzählte er ihr sogleich von den Erfahrungen, die er auf seiner Reise gemacht hatte, und dem Bild ihrer gemeinsamen Zukunft, das ihm vorschwebte. Es war kein fertiges Bild mit allen Feinheiten und Schattierungen, sondern eher grob und schemenhaft und ließ damit noch viel Raum für spontane, gemeinsame Entscheidungen und Abzweigungen. Er musste dabei oft an die Wächterlinge denken, für die es nur den einen vorbestimmten Weg gab. Mansaar wollte sich jedoch nie mehr so sehr auf ein Ziel versteifen, dass er andere Chancen und Möglichkeiten nicht mehr sah.

Damaris nahm das, was Mansaar ihr erzählte, mit zurückhaltender, aber ehrlicher Freude auf, und so begann Mansaar sogleich mit ihrer Hilfe, dieses Bild zu verwirklichen: Sie erwarben einen alten Karawanenhof, auf dem sie in den nächsten Jahren eine erfolgreiche Pferdezucht aufbauen wollten. Die Stammmutter sollte die Stute sein, die Mansaar auf seiner Suche nach dem Seelenspiegel begleitet und wieder sicher nach Hause gebracht hatte.

Einige Zeit nach seiner Rückkehr wollte Mansaar Tanzil aufsuchen, um ihm von seiner Reise zu berichten – auch wenn er insgeheim vermutete, dass Tanzil bereits genau Bescheid wusste. Doch Mansaar konnte die Kate des alten Mannes nicht mehr finden. Obwohl er sich sicher war, an der richtigen Stelle zu sein, fand er statt der ärmlichen Lehmhütte mit der Brettertür nur einen Baum vor, der dort schon seit Jahrzehnten stehen musste. Als er Saroush darauf ansprach, meinte dieser, darüber solle er sich keine Gedanken machen. Wenn Mansaar Tanzil wirklich benötigte, dann würde er ihn wiederfinden.

Seine Tätigkeit als Händler behielt Mansaar noch einige Zeit bei, um sich den Aufbau der Pferdezucht zu ermöglichen, sie verlor jedoch stetig an Bedeutung. Nachdem sich sein Vater auch wieder vollkommen aus dem Geschäft zurückgezogen hatte, verkaufte Mansaar Teile seines Kontors an seine ehemaligen Freunde und Geschäftspartner, zu denen er im Laufe der Zeit jeglichen Kontakt abbrach. Lediglich seine Freundschaft zu Saroush blieb bestehen und vertiefte sich beständig.

Seine Eltern konnten nicht verstehen, warum Mansaar eine erfolgreiche und sichere Zukunft als Händler aufgab, um Pferde zu züchten. Sie versuchten erneut, ihn mit allen Mitteln dazu zu bringen, seine Meinung zu ändern und den Weg zu gehen, den sie als den besten erachteten. Doch Mansaar blieb sich selbst treu, wenn es ihm zunächst auch schwerfiel, gegen äußerliche Einflüsse und seine immer noch starken Glaubenssätze zu bestehen.

Irgendwann erkannten seine Eltern jedoch, dass ihr Sohn mit seiner neuen Tätigkeit zufriedener war als während seiner gesamten Zeit als Händler. Und da er offensichtlich mit seiner Pferdezucht auch beruflichen Erfolg haben konnte, bedrängten sie ihn nicht länger. Stattdessen spürten sie immer häufiger einen ungekannten Stolz auf ihren Sohn, weil er – den Warnungen und Befürchtungen zum Trotz – seinen eigenen Weg ging.

So lebten Damaris und Mansaar mit ihren Kindern zufrieden ihr eigenes Leben und manchmal, wenn die beiden im Garten ihres Hauses von der Hitze des Tages ausruhten, glaubten sie, in dem Plätschern des Brunnens, dem Wispern des Windes oder dem Rascheln der Blätter ein glockenhelles Lachen zu vernehmen …

Mansaars Meditationsübung
zur inneren Einkehr

Unser unkontrollierter Geist hadert mit der Vergangenheit, fürchtet sich vor der Zukunft und vergisst, sich dabei um die einzige Zeit zu kümmern, in der wir leben können: die Gegenwart.

Gedanken zur Meditation

Egal, wie oft Sie sich auf Ihr Kissen zur Meditation niederlassen, die eigentliche Meditation ist Ihr Leben! Wie Sie es leben, entscheidet viel mehr über Ihre innere Einkehr als die regelmäßigen Meditationen, obwohl diese notwendig sind, um die benötigte Routine aufzubauen und deren Nachhaltigkeit zu sichern.

Dazu müssen Sie in der Gegenwart sein, denn nur der gegenwärtige Augenblick – mag er fröhlich oder traurig, angenehm oder unangenehm, lachend oder weinend erlebt werden – ist der einzige Augenblick, in dem Sie lebendig sind. Er ist die einzige Zeit, in der Sie lernen und wachsen, Neues entdecken, Ihre Balance wiederfinden, Emotionen wie Liebe und Wertschätzung fühlen und ausdrücken und das tun können, was Sie für sich selbst tun wollen und müssen – auch im Angesicht von Schmerz und Leid.

Dazu hilft es, Ihre persönlichen Lebensmomente gezielt mit Bewusstsein wahrzunehmen – sonst könnten Sie viele davon verpassen. Dies können Sie erreichen, indem Sie im gegenwärtigen Moment willentlich Ihre Aufmerksamkeit auf die inneren und äußeren Eindrücke richten, ohne sie zu bewerten.

Eine formelle Meditationspraxis ist die Basis, mit der Sie diesen Prozess vertiefen und beschleunigen können. Daher ist es sinnvoll, sich etwas Zeit für die tägliche Meditationspraxis freizuschaufeln – vielleicht, indem Sie fünfzehn oder zwanzig Minuten früher aufstehen als sonst.

Es geht dabei darum, mehr zu »sein«, als zu »tun«. Erlauben Sie sich, diese Momente erwartungslos und bewusst wahrzunehmen.

Versuchen Sie nicht, ein besonderes Gefühl oder eine bestimmte Erfahrung hervorzurufen – nehmen Sie einfach wahr, dass dieser Augenblick schon deshalb etwas ganz Besonderes ist, weil Sie am Leben sind.

Ihre Gedanken oder Meinungen, Ihre Vorlieben oder Abneigungen sind wie Wolken am Himmel, die nicht von Ihnen eingesperrt werden wollen. Nehmen Sie sie wahr, und lassen Sie sie weiterziehen, ohne sie zu bewerten.

Dieser Weg benötigt Übung, aber es lohnt sich! Sie werden viele bewusste Augenblicke erleben und können jeden wie einen Neuanfang sehen, falls Sie einen verpassen sollten.

Sich selbst gegenüber freundlich zu sein ist das Abenteuer Ihres Lebens!

Versuchen Sie es …

Vorbereitung

Körper und Geist stehen in direkter Verbindung. Während die westliche Medizin diese Beziehung in der Regel ignoriert und sich meist nur auf die einzelnen Symptome fokussiert, wird in anderen Bereichen traditioneller Medizin (z. B. der TCM, der Traditionellen Chinesischen Medizin) die körperlich-seelische Wechselwirkung als Tatsache akzeptiert und der Mensch ganzheitlich betrachtet.

Die Arbeit des Geistes wird dadurch optimiert, dass die Energien im Körper in ihren Bahnen fließen können. Für einen ungehinderten Fluss ist die richtige Körperhaltung förderlich. Daher ist es bei der Meditation wichtig, den Körper in eine Position zu bringen, welche die geistige Arbeit nicht behindert, sondern unterstützt. Die richtige Körperhaltung kann Ihren Geist schneller und nachhaltiger zur Ruhe bringen. Als perfekte Meditationsposition gilt die »Haltung des Vairocana«.

Sie hat sieben Merkmale – die sogenannten »Sieben Punkte des Vairocana« –, welche die Tiefe der inneren Einkehr und damit die Qualität der Achtsamkeit fördern:

1. *Eine feste Basis*
   Die Beine sind im vollen oder halben Lotossitz gekreuzt. Beim vollen Lotossitz ruht jeder Fuß auf dem Oberschenkel des anderen Beins, die Fußsohle zeigt nach oben. Beim halben Lotossitz liegt der linke Fuß auf dem Boden unter dem rechten Bein und der rechte Fuß auf dem linken Oberschenkel. Alternativ kann auch eine kniende Haltung auf einem Meditationskissen oder einer Meditationsbank sowie eine sitzende Haltung auf einem hohen Hocker oder Stuhl gewählt werden.

2. *Den Rücken aufrichten*
   Ihre Wirbelsäule ist eine Perlenkette, an der jemand von oben zieht und sie dadurch gerade aufgerichtet.

3. *Die Schulter zurücknehmen, Brustraum öffnen*
   Sie sind ein großer Adler, der auf einem Felsen sitzt und in den ersten wärmenden Sonnenstrahlen des Morgens seine Flügel nach hinten spreizt.

4. *Die Hände auf den Schenkeln auflegen*
   Die Handflächen sind locker ineinandergelegt im Schoß unterhalb des Bauchnabels. Die Hände sind leicht gewölbt, sodass die Daumenspitzen sich berühren und ein Dreieck bilden.

5. *Das Kinn zurückziehen*
Damit ist nicht die Beugung des Nackens wie bei einem Nicken gemeint, sondern ein »erstauntes Zurückziehen« des Kopfes.

6. *Die Zunge hinter den oberen Schneidezähnen anlegen*
Zähne und Lippen werden in ihrer natürlichen Stellung belassen. Die Zungenspitze berührt ganz leicht das kurz hinter der oberen Zahnreihe befindliche weiche Kissen am Gaumen. Der Speichelfluss wird eingeschränkt, und Sie müssen nicht so häufig schlucken.

7. *Den Kopf leicht senken, die Augen etwas schließen*
Ihr Kopf neigt sich ganz leicht nach vorn wie eine reife Ähre auf dem geraden Halm. Nase und Bauchnabel befinden sich auf einer geraden Linie.
Lassen Sie Ihren Atem natürlich und ruhig fließen, ohne ihn künstlich zu verlangsamen oder zu beschleunigen. Ihr Körper ist ruhig und schwankt nicht.

Während der Meditation sollten Sie nicht über die Vergangenheit oder Zukunft nachdenken. Folgen Sie keinen Gedanken, die mit schon zurückliegenden oder möglichen künftigen Ereignissen zu tun haben. Alles, was wir früher getan haben, ist bereits vorbei, und die Zukunft ist noch nicht Gegenwart.

Wenn Sie meditieren, ist das ein Teil Ihres Lebens, und wie überall wird es dabei zu Störungen von außen kommen: Ein Auto beschleunigt lautstark vor Ihrem Fenster, Kinder rennen eine Treppe hinauf oder herunter, das Telefon klingelt penetrant, und wenn Sie in einer Gruppe meditieren, wird einer der anderen Teilnehmer sich bewegen, husten, niesen oder aufstehen und gehen. Denken Sie nicht über diese Störungen nach, aber verschließen Sie Ihre Ohren nicht. Wenn Sie etwas hören, dann hören Sie es. Wenn Sie aber anfangen, darüber nachzudenken, dann greifen Sie mental danach. Wenn Sie versuchen, solche Situationen im Voraus zu unterbinden, z. B. indem Sie das Telefon abschalten und die Kinder bitten, während Ihrer Meditationspraxis ruhig zu sein, werden Sie von dennoch auftretenden Störungen doppelt abgelenkt, da Sie sie eigentlich vermeiden wollten. Außerdem erzeugen Sie so in Ihrer Familie eine negative Einstellung Ihrer regelmäßigen Meditation gegenüber.

Nehmen Sie solche Situationen in dem Bewusstsein wahr, dass sie zum Leben gehören, unbeeinflussbar sind, und entlassen Sie sie aus Ihrer Aufmerksamkeit. Kehren Sie wieder zu Ihrem Meditationsfokus (z. B. Ihrem Atem) zurück. Dadurch werden Sie auch außerhalb der Meditation von Störungen nicht mehr so stark beeinflusst.

Aus 1.000 Gedanken wird einer

Zu Beginn Ihrer Meditationspraxis werden Sie wahrscheinlich feststellen, dass Ihre Konzentration nachlässt und Ihre Gedanken schneller abschweifen, als Sie bis zehn zählen können. Das ist vollkommen normal. Nach einem Augenblick oder auch ein paar Sekunden wird Ihnen dies auffallen, und Sie werden sich vielleicht wundern, warum Sie das nicht früher bemerkt haben. Auch das ist normal. Lassen Sie sich nicht entmutigen, sondern machen Sie sich bewusst, dass Sie Anfänger sind und – wie beim Fahrradfahren – Übung benötigen.

Das Wahrnehmen des Abschweifens der Gedanken und die Rückkehr zum Atem ist der eigentliche Kern der Übung. Sie hilft uns, auch im täglichen Leben leichter zu erkennen, wenn unsere Gedanken abschweifen, und wir können zu unseren Aufgaben zurückkehren.

Nachwort

Von außen betrachtet hat Mansaar alles, was man im Allgemeinen als die wichtigsten Faktoren für persönliches Glück ansieht: körperliche Gesundheit, eine liebevolle Partnerin, Kinder, Erfolg im Beruf, Reichtum, ein schönes Haus mit zahlreichen Bediensteten. Kurzum: Er führt ein Leben, um das ihn viele beneiden.

Dennoch spürt er eine stetig wachsende Unzufriedenheit in sich, die er sich selbst nicht erklären kann, denn er misst sein Leben und auch sein Glück an den Maßstäben der Gesellschaft, in der er aufgewachsen ist – ohne zu reflektieren, ob diese Schablonen auch für ihn passen.

Dieser Spagat zwischen eigenem Wünschen und Wollen einerseits und den anerzogenen Denk- und Handlungsmustern andererseits führt ihn letztendlich an einen Punkt, an dem seine innere Flamme aufgezehrt ist: Energie- und antriebslos wird das Leben zu einer ständigen Pflicht, die er nicht mehr erfüllen kann und will. Seine Gedanken kreisen nur noch um die vermeintlichen Probleme, statt sich mit einer möglichen Lösung zu beschäftigen. Der Abwärtssog wird immer stärker.

Die von ihm konsultierten Ärzte betrachten sein Leiden nur aus ihrem jeweiligen Blickwinkel, statt alle Facetten – und damit den gesamten Menschen – in ihre Diagnose mit einzubeziehen. Unter solch einer ganzheitlichen Sichtweise jedoch ist Mansaars Zustand heute klar erkennbar: Er hat einen Burn-out.

Wenn man sich mit dem Thema Burn-out beschäftigt, findet man sehr viele Quellen zu Ursachen, Symptomen, möglichen Diagnosen und Behandlungsmethoden. Deutlich seltener wird jedoch die Akzeptanz von Burn-out behandelt. Bei Gesprächen über meine persönlichen Erfahrungen stelle ich immer wieder fest, dass viele Menschen Burn-out nicht als Krankheit, sondern eher wie einen »Ritterschlag« für sehr engagierte Mitarbeiter betrachten. Denn nur wer einmal wirklich für etwas gebrannt hat, kann ausbrennen! Die Akzeptanz von Burn-out im beruflichen Umfeld ist also durchaus gegeben.

Sehr viel schwieriger wird es auf der persönlichen Ebene, denn wenn Burn-out von außen auch nicht als tatsächliche Krankheit, sondern vielmehr als kurzzeitiger Erschöpfungszustand betrachtet wird, ist allen Betroffenen klar, dass dies wohl eine der kritischsten Phasen ihres Lebens ist. Statt die Unterstützung seines Umfeldes zu erhalten, muss man sich meist mit Aussagen wie »Stell dich nicht so an, das ging bei uns früher auch ohne Arzt!« bis hin zu »Schlaf dich mal wieder richtig aus, und geh in die Sauna!« auseinandersetzen, die ein fehlendes Verständnis der zugrunde liegenden Situation erkennen lassen.

Dieses im Allgemeinen fehlende Bewusstsein, dass es sich bei Burn-out meist um eine schwere Depression mit all ihren Eigenheiten und Ausprägungen handelt, verhindert häufig die vollständige Genesung. Denn der wichtigste Schritt dorthin ist die persönliche Akzeptanz, dass man krank ist, und die Erkenntnis, dass der Aufenthalt in einer psychosomatischen Klinik kein Urlaub, sondern harte Arbeit an sich selbst ist.

Nicht wenige Menschen, mit denen ich eine Zeit lang auf diesem Weg gegangen bin, haben ihren alten Weg nicht verlassen, denn sie konnten oder wollten nicht verstehen, dass nur sie selbst es in der Hand haben, wie erfolgreich ihre Therapie sein wird, und dass die eigentliche Arbeit erst nach dem Verlassen der Klinik beginnt, nämlich beim Umsetzen des Gelernten im Alltag. Damit dies möglich ist, ist es essenziell zu wissen, welche therapeutischen Bausteine zur individuellen Genesung beigetragen haben und dies auch im privaten Umfeld weiterhin tun sollten.

Während meiner mehrjährigen Burn-out-Phase lernte ich im Wesentlichen drei Bausteine kennen, denen ich zu verdanken habe, dass ich spätere Tiefpunkte (denn diese kamen und werden auch zukünftig kommen!) mithilfe meines Therapeuten und dann letztendlich auch alleine überwunden habe:

1. Die Akzeptanz, dass Burn-out eine Krankheit ist und von mir und meinem Umfeld ernst genommen werden muss
2. Die persönlichen Ressourcen: verschiedene Arten der Meditation und meditativer Techniken, allen voran Achtsamkeit, Qigong und die klassische Sitzmeditation

3. Das Bewusstsein, dass ein aktueller Gesundheitszustand sich wieder ändern kann und wird wie die Gezeiten des Meeres

Während der erste und dritte Baustein für einen langfristigen Erfolg bei einer Burn-out-Therapie unumgänglich sind, wird der zweite Baustein variieren, da es sich hierbei um individuelle Ressourcen handelt, die bei jedem Menschen unterschiedlich ausfallen. Daher liegt mein Fokus bei den Menschen, die ich im Rahmen einer Burn-out-Prävention, begleitend während einer akuten Phase oder nachsorgend unterstütze, auf der Stärkung dieser drei Bausteine und damit auf der Erhaltung der persönlichen Leistungsfähigkeit.

Um meine ursprünglichen Erfahrungen im Laufe der Zeit und angesichts verschiedener individueller Entwicklungen nicht zu vergessen oder zu verdrängen, habe ich sie in diesem Märchen verarbeitet.

Unsere moderne Welt bietet durch die neuen Medien vielfältige Möglichkeiten der Wissensvermittlung und Ablenkung, die wir uns durch eine erhöhte Kommunikationsfrequenz und -menge erkaufen. Der schnelle Informationsaustausch schafft vermeintliche Freiräume, doch die dabei scheinbar gewonnene Zeit wird nicht zur Entspannung genutzt, sondern mit weiteren Tätigkeiten vollgepackt. Der daraus entstehenden Interaktionsdichte und mentalen Anspannung kann sich niemand mehr entziehen. Auch wenn man sich noch nicht so tief in der Burn-out-Spirale befindet, ist Stress unser täglicher Begleiter geworden.

Umso wichtiger ist es, dass wir diesem immanenten Stress aktiv entgegenwirken. Dazu dient Mansaars Meditationsübung zur inneren Einkehr im Anhang, bei der es sich um eine klassische Sitzmeditation handelt. Die regelmäßige Anwendung kann helfen, Stress langfristig abzubauen und einen achtsamen Fokus im Hier und Jetzt zu setzen.

Dies hat nicht nur positive Auswirkungen auf das eigene Leben. Wenn wir ruhiger und gelassener sind, strahlt dies auch auf unser privates und berufliches Umfeld aus.

Ich wünsche allen Lesern, dass sie mit diesem Buch einen kleinen Baustein für ein stressfreieres und zufriedeneres Leben gefunden haben!